COBALT-SERIES

ガラスの靴はいりません!

シンデレラの娘と白・黒王子

せひらあやみ

集英社

Contents Cinderella doesn't need Glass Slippers!

ガラスの靴はいりません！ シンデレラの娘と白・黒王子

クリスティアナ

華麗なる千年王国プリ・ティス・フォティアス王国一の富を持つ
プルーリオン公爵家の元・美しき令嬢――
現・三十路・ぽっちゃり・独身貴族姫。
通称クリス。またの名を骨董姫《ミス・アンタッチャブル》。
とある使命を背負い、莫大な公爵家の財産を使い切るべく
絶賛！　放蕩生活中。贅沢の限りを尽くしている。
だが……、なぜだか資産は一向に減らず、
むしろ増え続けている。

ステファニー

クリスに窮地を救われて、
骨董姫付きの侍女となる。
クリスに負けずとも劣らない猛者。
辛口で、実は優しい。
麗しき美貌を持ちながら、
実は彼女、彼でもある。

Characters Cinderella doesn't need Glass Slippers!

ジュリアス

黄金に輝く髪と、アイス・ブルーの青い目が印象的な、
天使のような千年王国の第一王子。
『暁の騎士団』を率いている。
甘くとろけるような言葉を囁く、まさに白王子。

グランヴィル

闇夜のような黒髪と、
フレイム・レッドの紅い瞳を持つ、
悪魔のごとき千年王国の第二王子。
『夜更けの騎士団』を率いている。
鋭くも胸を貫くかのような言葉を
吐く、どこまでも黒王子。

領民《こひつじちゃん》たち

クリスのことを恐れながらも、
クリスの治める
ブルーリオン公爵領での暮らしは
案外、居心地が良いとか……。

イラスト／加々見絵里

Cinderella doesn't need Glass Slippers!

ガラスの靴はいりません！

シンデレラの娘と白・黒王子

プロローグ

Cinderella doesn't need Glass Slippers!

王子の獲物は、三十路・ぽっちゃり・独身貴族姫

二十歳《はたち》をすぎれば嫁《い》き遅れ。

三十路《みそじ》をすぎようものなら骨董品《アンタッチャブル》。

まだ少年少女の頃から適齢期が始まり、二十歳までにはほとんどの若者が同年代の異性と結婚する。そんな虚《むな》しくも古めかしい慣習と通念がいまだあまねく行き渡った、華麗《かれい》なる千年王国プリ・ティス・フォティアス王国で――。

とある姫が今、三十路の大台に乗っかってなお、たった一人悠々自適《ゆうゆうじてき》な人生を送っていた。

かつては外を歩けばその美貌《びぼう》に羨望《せんぼう》の視線を送られたのに、今やすっかりぽっちゃり太った彼女に送られるのは、月日の残酷さに戦慄《せんりつ》するまなざしである。

しかし、そんなことは、長年の放蕩《ほうとう》生活に慣れ切ったクリスティアナ姫――こと、クリス嬢の意に介すところではない。

自分の体《あし》を使うことをひどく厭《いと》うという噂《うわさ》の彼女は、今日も公爵《こうしゃく》城の塔のてっぺんの自室から、使用人たちの担《かつ》ぎ上げる豪奢《ごうしゃ》な御輿《みこし》に乗って――。彼女の支配する小王国《リトル・キングダム》である、プ

ルーリオン公爵領へと乗り出した。

「まあ、今夜もお星様が綺麗《きれい》ね……。いい夜だわ。あたしの可愛《かわい》い領民《こひつじ》ちゃんたちは、今日も元気にあたしのための勤労に努めたかしら？」

クリス嬢のいかにも楽しそうな声が御輿の上から響き、万民は震え上がった。飲み物係（主に酒）からツマミ係（主に肉）から送風係（高級羽扇常備）までもが個別に雇われて常に侍《はべ》り、我が仕事に命を懸け、今日の夕べも彼女がただ心地よくあることだけに尽くしている。

可愛い下僕《げぼく》たちの献身《けんしん》を満足げに眺《なが》めながら、クリス嬢はゆるゆると塔を下りて、公爵城下に位置するメリーディエスの街へと降り立った。

「ひっ……!?」

「ク……、クリスティアナ姫の襲来《しゅうらい》……。いや、お成りだぁーっ……!!」

その瞬間、悲鳴が上がりかけ、それを隠すようにして、轟《とどろ》くような歓声が上がった。誰も彼もが涙と鼻水と涎《よだれ》をほとばしらせて、ヤケクソ気味に『公爵令嬢万歳《ばんざい》！』と叫んでいる。

「うふふふ……、素直な領民《こ》は大好きよ。さあ、今夜も全身全霊を込めて、このあたしを楽しませてごらんなさい！」

「う、う、うお――!!　お任せあれぇぇぇ――!!」

クリス嬢の無茶振りに、今日も民衆は全霊を懸けて応《こた》えた。

健気《けなげ》な領民の献上《けんじょう》する酒と肉料理の美味なるを楽しみ、領民を相手取った真剣勝負の博戯《ギャンブル》に身を投じ、自室に戻れば技巧に満ちた戯曲《ぎきょく》や小説を読み散らかす。有り余るような財力を溝《ドブ》に捨てるように注《そそ》ぎ込み、己《おの》が好きなことのみを追求して生きる――これほど幸せな人生があろうか。クリス嬢は、今日も己《おのれ》が自由であるという至福の喜びに身悶《みもだ》えした。

神が与え賜《たま》いし贅《ぜい》を尽くした日々を享楽《きょうらく》しているこのぽっちゃりと丸いクリス嬢を、人はこう呼ぶ。

世にも恐ろしい、『骨董姫《ミス・アンタッチャブル》』と。

――だが、その奔放《ほんぽう》な骨董姫ことクリス嬢は今、人生最大の窮地《きゅうち》に陥《おちい》っていた。

真《ま》っ青《さお》になってダラダラと大粒の脂《あぶら》汗を流すクリスの両脇を、男たちが固めている。華麗なる千年王国プリ・ティス・フォティアス王国の麗《うるわ》しい二人の王子たちである。

「きみは本当に愛らしい人だ、クリスティアナ。今までの僕は、なんて愚《おろ》かだったんだろう。きみのように魅力的なプリンセスを、この華麗なる千年王国プリ・ティス・フォティアス王国の彼方《かなた》で一人待たせていただなんて。どうか哀《あわ》れな恋の奴隷《どれい》となったこの僕と結婚してほしい」

「この男の戯言《たわごと》を聞くな、クリスティアナ。おまえは、俺だけを見ていればいい。俺を選べば、命に代えてもおまえの願いをすべて叶《かな》えてやるし、この世の誰よりも幸せにしてやる。だが、もし俺を選ばなかったら……。……わかるな？　答えは出ただろう。さあ、俺と結婚しろ」

かたや睦言《むつごと》、かたや脅迫《きょうはく》。

このプリ・ティス・フォティアス王国の王位継承権をめぐって国を二分する権力争いを繰り広げているという似て非なる二人の王子が、なぜに結婚した途端に王位が地平線の果てより遠のく骨董姫に求婚しているのか。たぶんおそらくきっと人違いなのだと信じたいのだが、二人の王子はまっすぐにクリスを見つめている。

「僕を愛して、クリスティアナ」

「俺を欲しろ、クリスティアナ」

(……あわわわっ。このあたしともあろう者が、こんな事態に追い込まれるだなんてっ……！ど、動悸《どうき》息切れが激しいわ……っ)

加齢のせいか、長年の運動不足が祟《たた》っているのか、それとも痛恨《つうこん》の酒切れか。体内の不調が著《いちじる》しい。もしかしてこのまま天に召されるんじゃないかと、クリスは本気で訝《いぶか》った。

(し、死ぬ前に、なんとかしないと……！)

いつも勝手にくるくるとまわって珍奇な打開策を捻《ひね》り出し、クリスを窮地から救ってくれる頭脳が、壊れるほどの勢いで動いている。もう少しでこの王子たちを芯《しん》から萎《な》えさせる妙案を思いつきそうなのだが、なかなか結論が出ない。とりあえず、クリスは二人の王子にこう宣言した。

「ど――、どちらのお申し出もお断りです、両殿下。このわたくしの人生には、王子様もガラスの靴《くつ》も必要ありません」

……さて、自由と放蕩と無為《むい》をこよなく愛する骨董姫ことクリス嬢の頭は、いつまでぽっちゃり肥えた肉体と仲良くくっついていられるだろうか？

第一章　どうして彼女はこうなった

Cinderella doesn't need Glass Slippers!

『華麗《かれい》なる千年王国』という美称を戴《いただ》くこのプリ・ティス・フォティアス王国は、荒海と巧《たく》みな外交が諸国からの侵攻を阻《はば》み、麗《うるわ》しい天候と肥沃《ひよく》な大地に恵まれた、美しい広大な島国である。古《いにしえ》より受け継がれてきた不可思議な魔法が密《ひそ》かに世の理《ことわり》を支配し、守護聖獣である『氷炎神鳥《アイス・フレイム・バード》』は今日も神の領域からあまねく世界を見渡す。——そんな平和と繁栄《はんえい》と秘密の魔法に満ちた千年王国の最南端に、クリス嬢の住まうプルーリオン公爵《こうしゃく》領はあった。

　めでたく三十路《みそじ》になったばかりのクリス嬢は、今日も公爵城の小塔にある自室で、栄光ある独身を貫いていた。プリ・ティス・フォティアス王国の比類なき変人、骨董姫《ミス・アンタッチャブル》として。

　今は朝——骨董姫の愛する時間ではない。骨董姫は、酒の神ディオニュソスが支配する夜闇《よやみ》の秘められた時を愛するのだ。というか、端的に表現すれば、彼女は早起きはしないし、する気もない。夕暮れまで眠りこけるのが常である。よって、太陽のある時間こそが領民にとっては平穏な時間なのである。

「ぐう……。むにゃむにゃ。ぷうぷう……」

鼻提灯《ちょうちん》を膨《ふく》らませて、クリスはお気に入りの寝具《しんぐ》に包《くる》まって眠りこけていた。

今や、かつては『千年王国の比類なき一粒真珠《しんじゅ》』とまで謳《うた》われて称《たた》えられた超一級の美貌《びぼう》の、見る影も残っていない。

全体的なフォルムは、どことなく綿詰めのぬいぐるみを思わせた。

が、それでも強烈なことには変わりない。真《ま》っ白《しろ》だった相貌は太陽嫌いの夜更《よふ》かし続きで目の下のクマが目立ってお肌も荒れがちだし、ぽっちゃりとしたワガママボディは迫力満点だ。艶《つや》が失われて伸び放題の髪に、すっかり現実を知って淀《よど》んだ瞳《ひとみ》の色も鮮烈である。

ときめき、恥じらい、胸騒ぎ。そんな潤《うるお》いとは一切無縁どころか、まるっきり興味も湧かない。世に二つとないといわれる逸品《いっぴん》である高級羽毛寝具に包まって眠りこけているクリスのまわりには、いつでも新作名作の戯曲《ぎきょく》や小説（非恋愛類《ジャンル》）が山と積まれ、麦酒やら葡萄《ぶどう》酒やらの樽《たる》が並び、アテには眼福《がんぷく》を呼び起こす愛《いと》しの肉料理の数々が揃《そろ》っていた。朝陽《あさひ》の清らかな光を受けて、キラキラと輝いているような光景であった。

神は地上に楽園を造らざりしというのが我が王国創世《そうせい》神話の主張であるが、この至福を知らざるとするならば、全知全能の主神とやらの不幸を大笑いしてやる自信が今のクリスにはあった。

「うふ、うふふ、うふふふ……。今日はどの銘《めい》酒を飲んでどんなご馳走を食べて、あたしの領民《こひつじ》ちゃんたちとどう遊ぼうかしら？　……むにゃむにゃ……」

盛大な寝言である。

しかし、こんな寝言にすら、領内はいつでも大混乱の大騒ぎに見舞われ、骨董姫の本気度は如何《いか》ばかりかと右往左往するのが常であった。

彼女の父である現プルーリオン公爵アダルバードは、かつては千年王国の王子であった。しかし、地位をかなぐり捨てて、彼は煙突《えんとつ》掃除婦であったクリスの母シャーロットと結婚した。

庶民《しょみん》を花嫁に迎えた父は、当然ながら王子の地位を追われ、当時プルーリオン公爵であったその従兄弟《いとこ》が王位を継いだ。現国王セオドアである。王位を蹴《け》り、国王となったセオドアに代わってプルーリオン公爵に封《ほう》ぜられたクリスの父を、誰も彼もが稀代《きだい》の痴《し》れ者《もの》と呼んだ。

しかし、彼も今や有能な外交官へと成長し、夫人とともに大使として諸外国を飛びまわって久しい。領地に残されているのは、公爵夫妻が砂糖菓子よりも甘く甘やかしている、一人娘にして千年王国一の放埓《ほうらつ》者の骨董姫だけなのだった。つまりは、公爵領内のすべてはこのクリス嬢の思うがままなのである。

けれど――、その朝ばかりは、勝手が違った。
いつもは閑静《かんせい》な朝の公爵城に、妙に甲高《かんだか》い声がキンキンと響き渡った。クリスに仕える忠実なる侍女《じじょ》、ステファニーである。

「クリスお嬢様ぁ――――！　一大事でございますっ!!　クリスお嬢様あぁっ――――!!」

肩口で切り揃えられた彼女の栗色《ブルネット》の髪が艶やかに揺れ、健康的に日焼けした肌は朝陽に輝き、エキゾチックな美貌は若々しさに満ち溢《あふ》れていた。公爵領中最も美しいと噂《うわさ》されている彼女は、三年ほど前にクリスが奴隷《どれい》商人から買い取って雇い入れたといういわく付きの侍女だ。前歴はどこぞの国の秘密工作員だったとかなんとか言うが、定かではない。

その侍女が、公爵城を騒々《そうぞう》しく駆け抜けていく。

「とんでもない非常事態が起きたのです、クリスお嬢様ぁ――――っっ!!」

ステファニーの仕える恐ろしき主《あるじ》は、太陽の照らす日中ずっと眠るため、この時間には静《せい》寂《じゃく》を好む。が、そんなことを言っている場合ではない。骨董姫の無茶振りを遥《はる》かに凌駕《りょうが》する、天変地異かと錯誤《さくご》するような異常事態が、この公爵城をたった今襲《おそ》ったところなのだ。

今や、公爵城は上を下への大騒ぎである。

大混乱を極めている同輩たちを尻目《しりめ》に、目にも止まらぬ速度《スピード》で公爵城の尖塔《せんとう》をめぐる螺旋《らせん》階段を駆け上り、ステファニーは主の部屋へと飛び込んだ。

「クリスお嬢様っ！　クリスお嬢様っ……!?　ああもう、やっぱりいつも通りまだ寝てるんですねっ!?　早く起きてくださいっ！」

布団の中で蓑虫《みのむし》のようになっている主人を、ステファニーはゆさゆさと揺り起こした。

もぞもぞと蓑虫ことクリス嬢は蠢動《しゅんどう》し、母なる大地《ガイア》の地割れのごとき低い声を発した。

「んああ……？　……ちょっと、あたしの大っ嫌いな太陽がまだ空にあるじゃない。こんな時間にこのあたしを起こすなんて、命知らずね。あなた、死刑志願者にでもなったわけ？」

「なにをおっしゃってるんですか！　わたしを死刑に処したら、あなたをこのお部屋まで起こしに来る勇者は二度と領内には現れませんよっ！　……って、ああっ、お肌にまた吹き出物が！　もうっ、博戯《ギャンブル》予想のために、当てにならない星読みなんぞで夜更かしばっかりしてるからっ！」

言葉通り、この侍女は、公爵領内で唯一クリス嬢になにがしかの指摘──というか、突っ込みを入れることのできる人物だ。その勇気ある侍女は、腰に手を当ててこう叫んだ。

「まったく、こんなんがかつては千年王国の比類なき一粒真珠とまで称えられた美しき公爵令嬢の成れの果てだとは、毎日あなたを目にしているわたしにだっていまだに信じられませんよ⁉」

侍女が嘆息《たんそく》する通り、今も公爵城に残る『少女クリスティアナの肖像』の美しさは語り草である。絵画の中のクリスは、新雪のティアラを飾ったような煌《きら》めくプラチナ・ブロンドも艶やかで、瞳は春に咲き誇《ほこ》る菫《すみれ》と同じ夢見る色。まるで女神の若かりし日の姿かと思われるようではあるが、それだけに『現在《いま》』との落差が激しい。

「あなたときたら、長年の放蕩《ほうとう》生活ですっかり肥えてしまって……。たまには我が侭《まま》をやめてまともな生活をしてみたらどうなんです！　こんなんだから、あなたの我が子にも等しい領民たちから邪神《じゃしん》のように恐れられちゃうんですよ!?」

「だって、しょうがないじゃない……。あなたにだけは教えたでしょう……？　これが、プルーリオン公爵であられるお父様から賜《たまわ》ったあたしの使命なのよ……。ああ、毎日大変……。今日もお金をたっぷり使って領民に威張り散らかして無為にすごさなきゃならないわぁ……」

　クリスは、布団の中からもぐもぐとそう答えた。

　これが、お気に入りの侍女にだけクリス嬢が掲《かか》げる、いつもの免罪符《めんざいふ》なのである。

「プリ・ティス・フォティアス王国一の権勢と財力を誇るプルーリオン公爵家は、いつでもこの国の悪巧みの中心にあったわ。繰り返される悲劇の歴史に終止符を打つために、あたしはこの身とこの人生を犠牲《ぎせい》にして、プルーリオン公爵家の系譜《けいふ》を終わらせなければならないのよ。財産を綺麗《きれい》に使い切って、独身を貫いて、領民に一切惜《お》しまれずに嬉《うれ》し涙を流されながら公爵家の歴史を閉じて天に召されるために……」

「はいはい。あなたはご自分の代で悪名高いプルーリオン公爵家の歴史を終えるために、結婚することも許されず、政争を起こす源《みなもと》である財産をすべて使い切った上で、領民にたっぷり嫌われて非業で孤独な死を遂《と》げなけりゃならないんですよね。そりゃ、その件につきましては過酷なご使命とは思いますけど。でも、こう言ってはなんですが、クリスお嬢様は心ゆくまで今の状況を楽しんでおられるようにしかっ……」

「いいの、いいのよ。それ以上言わないで……。同情はされたくないもの。ああ、大変大変。

さあ、使命のためにも、つらいつらい二度寝に励《はげ》まなくては……。……ああ、愛する麦酒《ビール》が飲みたい。起きたら公爵領中の麦酒を飲むわよ……。ぐうぅ……」

抜け抜けとそう言ってまた眠りの世界に戻ろうとしたクリスに、ステファニーは慌《あわ》ててこう言った。

「いやいや、待ってください！　今日ばかりはそんな暢気《のんき》なこと言ってる場合じゃないんですよ、クリスお嬢様！　あなたに――縁談が舞い込んできたんですっ!!」

しかし、久しく来たらぬ『縁談』の二文字も、蓑虫を起こすに至らなかった。布団在中の蓑虫、いわく。

「縁……？　あっそう。そんなの、あたしの耳に入れなくてもいいから」

返事はにべもない。

出逢《であ》い、運命、ときめき、波乱、胸騒ぎ。そんな類《たぐい》のものに愛想を尽かして久しい乾き切ったクリス嬢の心を、縁談ごときの俗物的な響きで動かすことはできないのだ。

さすがに骨董姫と呼ばれるようになってからは久しくない話題ではあったが、と言って、朝っぱらから起こされるほどの重大な事態でもない。

しかし――、今回ばかりは、これまでとは少々勝手が違った。

ステファニーも、骨董姫に負けじと引き下がらない。

「今回のお相手ばかりは、今まで通りにはいかないんですっ……。ていうか、まだ眠るおつもりですかっ!?　なんっっでそんなに怠《なま》け者《もの》なのですかっ、あなたは！　それ以上ダラけていると、今はギリぽっちゃりで済む仔豚《こぶた》ちゃんなお体が、立派な牛さんに変化しちゃいますよ!?」

「それ進化だし、問題ないから」

立派な牛ともなれば、遙か未来にクリスが召された時にも、悪辣《あくらつ》極めたハイミス女公爵の最期《さい》を絵画に残すのに苦労はすまい。クリスは、眠気眼《まなこ》でこう言った。

「ぶひぶひ、もうもう……。豚さん大好き、牛さん大大大好き……。それじゃおやすみ、あたしの可愛《かわい》いステファニーちゃん……」

人の神経を逆なでするような彼女流の煽《あお》り方であるが、ここで真面目《まじめ》に怒って無事に済んだ者はそうはいない。ステファニーですらも、この主にはさんざんな目に遭《あ》わされてきたのだ。

案ずる侍女を放っぽって、大好きなモノを食する幸福と悲哀というアンビバレンツな感情に浸《ひた》りつつ、またクリスが蓑虫になって布団と枕のマリアージュを楽しんでいると――。

「……くっ、この筋金入りの我が侭じゃじゃ馬骨董姫め！　こうなった以上、今回ばかりは致し方ないっ。実力行使！　クリスお嬢様、ご容赦《ようしゃ》ください。行きますわよっ……、ええいっ!!」

ステファニーが、意外と筋肉質な腕に思いっきり力を込める。ステファニーの両腕に、もこもこと不釣り合いな力こぶが盛り上がった。

そう――このクリスよりも女子力が高く、素顔《すっぴん》を他人に見せるくらいなら自害……もとい、相手を殺すことも厭《いと》わない覚悟で生きている侍女には、ある秘密があった。実は彼女、彼でもあるのだ。

しかし、少々高すぎる上背《うわぜい》と筋肉質な体つき、それから甲高い作り声をもってしても、ほとんど違和感はなく美しい。ステファニー自身の告白なくして正体を男と見抜いた者は、かつて一人もいなかった。

四六時中仕えている主にさえもしばらくそれと見抜かせなかった麗しき女装男子な侍女ステファニーは、そのまま力を込めてクリスを包んでいる特注《オーダーメイド》の極上羽毛布団を寝台《ベッド》ごとぶっ飛ばした。

「うおりゃあああ――っ!!」

「……ひい!?　うっぎゃあああ――っ!?」

吹っ飛ばされて、クリスは刹那《せつな》の空中飛行を体験し、そのまま布団ごと壁に顔をぶつけた。

クリスは、押し潰《つぶ》されて文字通り豚みたいになった鼻を押さえた。

「ぶひぃ……!?」

極楽然としためくるめく朝寝の世界から強制的に引っぺがされ、クリスは寝不足で腫《は》れぼったくなった目をぱちぱちと瞬《またた》いた。完全な支配下に置いている公爵領の者たちにこのような目に遭わされた経験は久しくなく、なにが起きているのかまだ理解が追いつき切らない。

「いったい今、なにが起きたの!?　なんだかあたし、ベッドごと壁に向けて吹っ飛ばされたような夢を見たんだけど……!?」

もし骨董姫に盾《たて》突くような身のほど知らずが現れたなら、大枚の金貨やクリスが自《みず》らの目で選別した精鋭武装部隊の実力行使をもって叩《たた》きのめさなければならない。それが、クリスのクリスによるクリスのための貴族の義務《ノブレス・オブリージュ》である。

しかし、すかさずステファニーが、しれっとした顔で主にこう言った。

「いえ、ちょっと地震が起きたようなんです。ここは地上からかなり離れていますから、ずいぶん揺れましたね。……そんなことより、クリスお嬢様！　大変なんですっ!!」

「ああ、縁談でしょ？　そんなの大変でもなんでもないわよ。さっさと断りなさい。なんなら、裸踊りでもさせたあとで荒縄でぐるぐるに縛り上げて辱《はずかし》めて——」

「いつもならそうしますよ。でも今回ばかりは無理なんです。だって、今度の縁談申し込みのお相手は——王子様なんですから!!」

「……。……っ!?　……えっ……!?」

ステファニーのその轟《とどろ》くような怒声に、クリスは目を剝《む》いた。

「……お、お。お……!?　おうっ、おうっ、おうっ……!?」

南方海辺に生息するという幻《まぼろし》の珍獣《オットセイ》がごとき奇声を上げて、クリスはわなわなと震えた。目がぐるぐるとまわるのだが、これは昨日の夜更かしのせいであろうか。

「あわ、あわわ、あわわわ……！　ほ、ほ、ほ、本当の本当に？」

「本当も本当ですとも。クリスお嬢様」

「……っ!!」

クリスはおののき、長らく開くことのなかった、しかし脳内にしっかり叩き込んである王室系譜を瞬時に紐解《ひもと》いた。そういえば、あの父と従兄弟の現国王には王子がいる。それも二人。それも双子。双生の綺羅星《きらぼし》王子だの、千年王国の双英雄だの、守護神鳥の聖なる両翼だのと称され、確か国を二分する王位継承争いを繰り広げていたはずだ。

確かに奴《やつ》らは未婚だった。年齢はクリスとそう離れていなかったはず。前世《ぜんせ》の出来事かと思い違うような遠い遠い遙かなる過去に、社交界で邂逅《かいこう》したことがあるようなないような……。

そこまで記憶から情報を引っ張り出して、クリスは青くなった。

「しっ……、信じられないわ……!」

クリスの生まれたプルーリオン公爵家は、この国でも最高の名家であり、使っても使ってもあとからあとから湧き出てくる忌々《いまいま》しいほどの資産を誇る金満大貴族でもある。さっきも言った通り、クリスはこれまでの半生で、一刻も早くプルーリオン公爵家を滅ぼすという使命のもとに暴君がごとき形相《ぎょうそう》でせっせと金を使っていた。けれど、かれこれ十と云年《うんねん》ほどもの月日をかけてどれほど散財しても、焼け石に水どころか、むしろ財産は殖《ふ》える一方であった。

だが、それだけに、プルーリオン公爵家は無敵なのである。ハッキリ言って、どこのどいつがなにをしてこようともビクともしない……、いや、それどころか、強引にねじ伏《ふ》せてやる自信すらあった。このプルーリオン公爵家は、あらゆる権力の介入を拒《こば》むことのできる堅固《けんご》なる地上の楽園、平和と繁栄と退廃《たいはい》を貪《むさぼ》る小型版の千年王国なのだ。

ただし唯一――王室だけは別だ。当然のことながら、プルーリオン公爵家は、この国を治める王家の第一の忠臣なのである。

どんどん青ざめていくクリスに、ステファニーが呆《あき》れたように肩をすくめる。

「……やっと現実が見えてきましたか」

「いや、ちょっと待って！　お、お、お、王子って……、……どっち!?!?」

はあー……と、深々ため息をついて、ステファニーは額《ひたい》に手を当てた。

「――どっちもです、クリスお嬢様」

お気に入りの女装男子な侍女ステファニーの報告に、はあはあと荒い息を吐いて、クリスは胸を押さえた。

「そっ……！　……そ、そうなのね……」

加齢のせいか、それとも長年の放蕩生活や太陽嫌いや運動不足が祟《たた》っているのか。最近、ちょっと急激に心身が動いただけで、激しい動悸《どうき》が襲うのだ。

（ええと、今日は何月何日？　あたしって、今いくつだったかしら）

夜にのみ外を徘徊《はいかい》する浮世《うきよ》離れした享楽《きょうらく》的な日々を送っているからだろうか。暦《こよみ》はおろか、自分の年齢まで定かではないクリスである。

するとと、クリスの内心を読んだように、侍女がこう告げてきた。

「ご参考までに、クリスお嬢様は来年で三十一歳におなりですよ」

「ああ、そう。……今はまだ三十歳になったばかりだったはずだけど」

「お気になさらず。わたし、女性に次の年齢をお伝えする時に至福の悦《よろこ》びを覚えるんです。あん、ゾクゾクしちゃう。ちなみにクリスお嬢様、再来年は三十二歳におなりですわよ。その次は……」

そうそう、ステファニーは忠実に見えてこういう奴だった。人の年齢を数えてほくそ笑み、自分は永遠の十七歳だとのたまう。お気に入りの侍女のいつもの軽口を聞いていると、クリスは少し冷静になってきた。

なるほど——二人の王子からの求婚か。

それはさすがのクリスも予想だにしなかった。

確か、双子の兄ジュリアスは金髪碧眼の美しい男で、神に愛された王子と呼ばれ、深慮遠謀《しんりょえんぼう》に長《た》ける社交界の華だと聞く。弟グランヴィルの方は黒髪に赤い眼を持ち、悪魔に魅入られた王子とあだ名されており、質実剛健《しつじつごうけん》に軍服を着せた鋼《はがね》のような男という噂だった。

どちらも骨董姫に求婚などという意味不明な暴挙に出るような男には思えないが、果たしていったいなにが彼らを錯乱させたのだろう。なにか怪《あや》しい毒でも盛られたか。

クリスは、かつて千年王国の比類なき一粒真珠として品行方正に清純にお淑《しと》やかに生きていた頃、父に唐突に『未来《のち》の政争の芽を摘《つ》むために、このプルーリオン公爵家の最期を看取《みと》れ』と命じられた日の衝撃を思い出した。

あの時は、あまりの事態にこの公爵城から逃げ出し、長かった髪を売った金で家出と放蕩の日々を送った。父の命令を受け止めるのに、たっぷり七昼夜もかかってしまった。だが、クリスは転んでもただで起きるような女ではない。七日間の家出を終えてやっと公爵城に帰った時には、クリスはすでに使命感と有り余る金をなにに使ってやろうかと野望に燃える陰の領主としての威厳を身に着けていたのだった。

（……今度はまた、とんでもないことが起きたものね……）

だが、あの天変地異かと思った日しかり、今までだって危機はあった。そんなあらゆる障害を、いつもクリスは完膚《かんぷ》なきまでに叩き潰してきたのだ。湯水のように湧いてくる公爵家の財力と、強力な精鋭親衛部隊と、有り余る暇と、クリスの持つそれなりの知性を駆使《くし》して。

そうしてじゃぶじゃぶと豪勢に使ったはずの財産が倍返しでなぜか『ただいま！《アイム・ホーム》』と公爵家の金庫に帰ってきたりしてしまうこともままあったが、まあそれは今はいい。とにかく、今は緊急事態なのだ。王子――すなわちこの千年王国と戦争するわけにはいかないが、なんとかしてこの危機から逃れなければならない。

「……で、王子たちはなんと言ってきてるの？」

「というと?」

「だから、求婚というからにはお呼び出しがあるんでしょう? いつ会いたいとか、どこで話したいとか……」

「いえ、そのようなことなら、いくら王子様相手でもクリスお嬢様を太陽があるうちに起こしたりはしませんよ。いらしてるんです」

「は?」

「だから、もういらしてるんですよ。我が華麗なる千年王国プリ・ティス・フォティアス王国が第一王子、ジュリアス殿下の方です」

「……は!?」

また大きく息を呑《の》んで、クリスは布団を頭から引っ被《かぶ》った。

(……動悸が! 動悸が激しいっ!)

なんて奴だろう。

王子というのは、こんなにもせっかちなものなのだろうか。これでは、千年王国中の貴族の両頬《ほお》を大量の金貨で殴りつけて結婚反対の声を上げさせるどころか、領内にいる贅沢三昧《ぜいたくざんまい》をさせてぽっちゃり体型までしっかり似せたクリスの影武者《かげむしゃ》を呼び寄せる暇もないではないか!

王子と結婚なんて、絶対に御免被《ごめんこうむ》りたい。クリスは、プルーリオン公爵家を滅ぼすという使命の下《もと》に好き放題できる今の自由な暮らしをなにより愛しているのだ。

（それとも、なにか特別の事情が……？）

しかし、クリスの思考を遮《さえぎ》るように、ステファニーがこう言った。

「……クリスお嬢様、お気持ちはわかります。でも、現実逃避してる暇はありませんよ。ジュリアス殿下はひと時たりとも待てぬと仰《おお》せなのです。じきにここへ上がっていらっしゃるでしょう。せめてその先触れをしようと、わたしはここに来たんです」

再び寝台からクリスが飛び起きてわたわたとしている間に、ステファニーの予言通り、本当にこの華麗なる千年王国プリ・ティス・フォティアス王国第一王子が、御自《おんみずか》らその高貴なおみ足で公爵城の尖塔を上ってきた。それも、わずかな従者と護衛者のみを引き連れて。

「──やあ、クリスティアナ」

聴く者の心を蕩《とろ》かす美しい調べのような声が、すぐに尖塔の部屋に響いた。

身に雷《かみなり》を打たれたような衝撃が走り、誰何《すいか》なぞしなくても声の主がわかる。

千年王国が誇る、神に愛された王子──ことジュリアスだ。本当にあのジュリアス王子が、自らの足で直々《じきじき》にやってきたのだ。骨董姫に、逢うために。

ジュリアスは、たった一枚隔《へだ》てた扉の向こうで、優しく甘い声を響かせた。

「急に訪問して、申し訳なかった。もしかすると、きみをひどく驚かせてしまったかな。だけど、もしよければこの僕に、久しぶりにきみの顔を見せてほしい。しばらく逢っていなかったから、心配なんだ。元気にすごしているだろうか。体に不調はない？　暮らしに不足などはないだろうか……」

誘うような台詞《せりふ》が、淀みなく扉の向こうで紡《つむ》がれていく。

一方のクリスは、それどころではなかった。近年見せたことのないキレのある動きで愛しき小さな自室内を駆けまわり、瞳に炎を燃やしていた。

まったく、骨董姫ともあろう者が、自分の手足をこんなにせっせと使うことになろうとは！　歯噛《はが》みするほど悔しかったが、今はそんなことを言っている場合ではない。侍女が感心したように目を丸くしているが、その視線に因縁《いんねん》をつける余裕もない。

とにかく、もう王子がそこまで来ているのだ。時間がない。

（この窮地《きゅうち》から逃げるためなら、なんでもしてやるんだから……！）

クリスの主は、この世でクリス自身のみだ。クリスは、なによりも自分が自由であることを重んじる。何人《なんぴと》たりとも、己《おのれ》の自由を邪魔《じゃま》させたりはしない。たとえそれが、王子であろうとも。

声には焦《あせ》りも動揺も息切れも一切匂《にお》わせずに、クリスは扉に向かって口を開いた。あたかもプルーリオン公爵領内に閉じこもって厭世《えんせい》的な暮らしをしている、扱いやすいぽっちゃり令嬢を装《よそお》って。

「まあ……。わたくしのためにそのようなお言葉、この身に余る光栄でございますわ。ジュリアス様。でも、ご存知でしょう。わたくしはもう来年で三十一にもなる、恥ずかしい嫁き遅《い》れの身。プルーリオン公爵家の、いえ、このプリ・ティス・フォティアス王国の恥ですわ。わたくしにはわかりません。このような女に、なぜあなた様が求婚などというもったいないお申し出を賜り、その上こうして直々に会いに来てくださるのでしょうか？」

しかもこの第一王子、なにやらクリスを覚えているような口振りでもある。

確かに遡《さかのぼ》ること十六年前、クリスはジュリアスと会ったことがある。……いや、厳密には、見たことがある。

華麗なる千年王国の主城である氷炎王城《ひえんおうじよう》に招かれた夜会で、ジュリアスが華やかな貴族たちに囲まれているのを、まだ少女だったクリスはなんとはなしに遠目から眺《なが》めていたのだ。まだクリスが初心《うぶ》でお淑やかなうら若い公爵令嬢で、同輩の友人の乙女《おとめ》たちに囲まれていた頃のことだ。けれど、ほんのひと時の話である。

ジュリアスは、本当にあの時のことを覚えているのだろうか？

その疑問に答えるように、ジュリアスはこともなげにこう言った。

「もちろん、きみを愛しているからさ。……出逢った時のことを覚えているかな。あの時、きみはその瞳に似合う夕暮れ色のシフォンドレスを着ていたね。それから、輝く美しい髪には光に溶け込むような真珠の髪飾りをつけていた。あの夜のきみの美しい姿は、今でも僕の瞼《まぶた》に焼きついているよ」

……この第一王子、覚えている！

本当に、クリスと邂逅したあの夜会のことを、きっちりと覚えている!!

王子《てき》も本気か。さかさかと忙《せわ》しなく動いているクリスは、夜更かしのための寝不足ゆえではなく、どんどん青ざめていった。その上、頭痛もひどい。あと腰痛《ようつう》に膝痛《しっつう》も……。やはり寄る年波には（以下略）。

だって、クリスの同輩には、もう孫までいるお祖母《ばあ》ちゃんだってめずらしくないのだ！げに恨めしきは、少女と呼べるうら若き娘に成婚を強《し》いるこの国の慣習なり。ちなみにクリスの母シャーロットは、まだ四十六歳の若さだ。クリスは、母が十六歳の時の娘なのである。

（ああ、なんてことなの!?　旧友（全員絶縁されてる）はみんなとっくに孫がワサワサ産まれてるお祖母ちゃんなのよ!?　なのに……、あたしみたいなお祖母ちゃんといってもいい歳《とし》の女に、この状況はキツいわ……！）

そんなクリスに、案山子《かかし》のように棒立ちしているステファニーが唇《くちびる》の動きだけでこう言う。

（まっずいですねえ。案外ジュリアス殿下は、本気でかつてのプリ・ティス・フォティアス王国の比類なき一粒真珠に惚《ほ》れてるんじゃないですか？　だとすれば、ジュリアス殿下が今のあなたを見たら心臓《しんぞう》止まっちゃうかもしれませんねえ。そうなったら、クリスお嬢様はどんな重罪に問われることか……。これまであなたが領民にしてきた悪戯《いたずら》や嫌がらせなんかとは比べものにならないような、洒落《しゃれ》にならないほどの悲惨《ひさん》な目に遭わされた挙句に壮絶な死を遂げることになってしまうかもしれませんねえ）

（うるっさいわね……！）

クリスは、口の動きだけでステファニーを一喝《いっかつ》した。

（とにかく、一瞬だけでも時間稼ぎができればいいのよ。あなたはあたしの侍女なんだから、おとなしく命令に従いなさい）

口をパクパクさせて、クリスはそう続けた。

実はクリスは、さっきから忙しなく動きまわり、ステファニーに自分のドレスを着せて髪の色を飾りで隠して、にわか作りの身代わりクリスティアナ姫に仕立て上げようと目論《もくろ》んでいるのだ。なにしろ、相手は王子である。面と向かって直接求婚されでもしたら、いくらクリスでも回避は容易《ようい》ではない。

（そりゃ、ご命令ならおっしゃる通りにはいたしますが。でも、どう考えても、わたしがクリスお嬢様の身代わりだなんて無理だと思うんだけどなあ。……けど、まあ、こういうのもアリなのかな？　身代わり姫のこのわたしが王子様と運命の恋とか、胸がドキドキしちゃう）

（その勢いよっ、ステファニーちゃん！　なんなら、あなたが王子の心を奪って、新しい扉を開かせてあげちゃいなさいっ）

（やだ、燃えるっ。これが本当の玉《たま》の輿《こし》ってやつなのですね？　次からこのプリ・ティス・フオティアス王国中で流行《はや》っている戯曲シンデレラの主役《ヒロイン》は、このわたしになるんですねっ？）

今度は、ステファニーの灰褐色《はいかっしょく》の瞳に炎が爛々《らんらん》と燃えてきた。

扉の外からは、ジュリアスの声が囁《ささや》くようにこう続けられた。

「ねえ、クリスティアナ姫。僕のプリンセス。まだこの扉を開けてはくれないのかい？　もう一度きみに逢いたい。ただそれだけを想って、僕は今日まで生きてきたんだ。きみが僕をひと時でも幸せにしてくれるなら、これほど嬉しいことはない。だから、早く……」

少々焦《じ》れたようなジュリアスの声に、謙遜《けんそん》ぶって淑やかにクリスはこう答えた。

「ですが……、わたくしは心配で胸が痛いのです。わたくし、変わりましたわ。出逢ったあの頃は、この顔も瞳も髪の色もまだ幼かったでしょう。けれど、それらすべては、誰にも貰《もら》ってもらえない間にすっかり衰《おとろ》えてしまいました。今はもう、まるで別人……、そう、別人です。それでもよろしいんですの？　後悔はなさいませんか？」

「もちろんだとも。きみのことは、あの夜以来ずっと噂だけでもと追いかけ続けてきた。外見など関係ない。僕の愛は本物だとも。なにも不安に思うことはないんだよ。きみは僕の運命の人だ。だから、さあ、怖がらないで」

侍女と視線を絡《から》ませ強く頷《うなず》き、クリスは扉の向こうの第一王子にこう言った。

「そこまでおっしゃるのなら、わかりました。それではどうぞ、扉を開けて、中へお入りくださいませ——」

「やあ、やっと再び逢うことができたね。僕の愛しいクリスティアナ姫」

後光とともに、華麗なる千年王国プリ・ティス・フォティアス王国第一王子であるジュリアスが現れた。

本当に、輝くばかりの王子であった。

純金よりも価値があると謳われる金髪は優雅な曲線を描いて輝き、髪よりもさらに眩《まばゆ》く光るその天使のように美しい顔立ちを引き立てていた。麗しいアイス・ブルーの瞳はいつでも蠱惑《こわく》的な魅力を湛《たた》えて潤《うる》み、それをひと目でも見た者は、たとえそれが神であろうとも彼を愛さずにはいられなくなるという。それゆえ、流した浮き名は、氷炎王城内外問わずに数知れない。

端女《はしため》たちでも夢見てしまう、ジュリアスは水も滴《したた》るような美男子であった。

「夢にまで見たきみに逢えた今日この日を、僕は生涯《しょうがい》忘れることはないだろう——けど、本当に別人だね。おまえは誰？」

天使かと見紛《みまご》うような美しい微笑《ほほえ》みを一瞬も崩《くず》さずに、ジュリアスは——。部屋に残されているクリス付きの侍女を見つめた。さすがである。

瞳にハートを浮かべて頬を赤らめ、ステファニーはその美しい相貌に、優雅で少々淫靡《いんび》な笑みを浮かべた。

「誰と言われましても……。あなた様の従順《じゅうじゅん》なる愛の下僕《げぼく》ですとしか答えられませんわ。たった今、あなた様自身が扉のこちら側にいるこのわたしにおっしゃったばかりではないですか。運命の人だと」

ステファニーは、神に愛された王子の美しい容貌を、至近距離からあますことなく見つめた。

ステファニーがそっと会釈《えしゃく》をしてみると、主が先ほど強引に着せていった最近のクリスのぽっちゃり体型に沿うよう縫《ぬ》われたドレスが不自然に揺れる。特に腰まわりのだぶつきが半端ないが、それさえもステファニーが着ると倒錯的で妖《あや》しげな色気が漂《ただよ》う。ジュリアスの従者たちは、動揺したようにステファニーから目を逸《そ》らした。

しかし、当のジュリアスだけは一切動じた様子はなく、微笑んだままこう言った。

「おまえが僕の従順な下僕というのなら教えてくれるかい？　クリスティアナはどこ？」

「ああ、あなた様を心から愛しているこのわたしとしたことが、なんということでしょう。その問いにはお答えできません。わたし、性悪令嬢のお手本みたいなクリスティアナお嬢様に弱みを握られてるか弱い侍女なんですの。お嬢様の居場所をあなた様に教えたりしたら、あなおそろしや。親兄弟が惨殺されます」

よよよと涙を流さんばかりのステファニーの訴《うった》えに、ジュリアスの輝くような従者たちは眉をひそめた。

「ジュリアス様！　やはり、そのような女に逢うべきではありません。その粗悪《そあく》な姿を見れば麗しいお目が汚れ、同じ空気を吸えば神聖なる喉《のど》が穢《けが》れます。幾度《いくど》も申し上げました通り、いくら身分ばかり高くとも、とてもジュリアス様に相応《ふさわ》しい女では――」

「口を出すな、とも何度も言ったはずだが」

　ジュリアスがぴしゃりとそう答えると、従者たちは一斉に口をつぐんで直立不動の体勢を取って敬礼をした。

　従者たちを黙らせたジュリアスは、ちょっと肩をすくめた。

「さて……。なるほど、僕のプリンセスは一筋縄ではいかないようだ。まあ、その方が燃えるね。僕はますます彼女が欲しくなった。さあ、自称クリスティアナの侍女よ、正直に答えよ。彼女が消えたのはそこだね？」

　つかつかとクリスの居室を進み、壁の片隅《かたすみ》にある少々不自然にへこみのある箇所《かしょ》をジュリアスは指差した。ステファニーは無言で笑顔を崩さない。だが、それでも、ジュリアスには充分だったようだ。

「では、出口は下だな。追うぞ」

「はっ！」

　ぞろぞろとジュリアスら一行がいなくなったあとで、ステファニーはまだ熱い頬に両手を当てた。

「……噂通り、ジュリアス王子様ったら、めちゃくちゃ美男じゃないですか！　ああん、もう、もったいないったらないわ。クリスお嬢様ったら、さっさとこの世にも稀《まれ》なる幸運に飛びついちゃえばいいのに……」

きゅうんと強く絞られるようなときめきに溢れる胸を抱いて、ステファニーはしばし神に愛された王子の残していった色香の余韻《よいん》に浸った。それに、あの王子、なかなかの切れ者のようである。従者はともかくとして、クリスにすらしばらく見抜かせなかったステファニーの正体（というか性別）を、ひと目で見抜いたような節があった。

「でも、ジュリアス王子様のお見通しって感じがまた、素敵……♡」

あんな頭脳の切れる水も滴るような美男に口説かれたら、世界中のどんな女だって一瞬で落とされるだろう。心は枯れて乾き切り、反対に体はぽっちゃり丸くなった、あの放埒で珍妙極まりない骨董姫を除いては。

「まったくもう……。クリスお嬢様の我が侭には、困ったものです。もっとも、そこが可愛いんだけれど」

ステファニーは、少し微笑んでそう呟《つぶや》いた。

さて、そろそろ自分も主を追うか。

そう思って公爵城を縦横に走る秘密の抜け道の出入り口を見て、ステファニーは首を傾《かし》げた。

なぜ――ジュリアスは、この抜け穴の存在を瞬時に見抜いたにもかかわらず、ここを通ってクリスを追わなかったのだろうか？　と。

一方その頃、クリスはといえば、尖塔にある自室から滑《すべ》り台《だい》のようになって地上まで続いている抜け穴を転がり落ちていた。

(万が一のために、秘密の抜け穴を造っておいてよかったわ……)

抜け穴に満ちる闇を眺めながら、クリスはそう思った。

しかし、使い心地は最低だ。クリスのずっしりとした体重を支える尻が、今にも擦《す》り切れて火花を放ちそうである。まさか本当に使うことがあろうとは思っていなかったから、見落としていた。今後改良の余地がある。

やっとのことで地上の光が見えてきて、クリスはとりあえずほっと胸を撫《な》で下ろした。

「……ふう。とりあえず、なんとかこれで急場は凌げ……。……ふぎゃっ!?」

一瞬明るくなったクリスの視界はなぜか、――すぐにまた暗転したのであった。


「――兄上から逃げてくるとすれば、あの抜け道を使うしかないとは思っていたが……。まさか、本当にあの兄上から逃げる女がいるとはな」

呆れたような——それでいておかしがるような声で、隣に座る男が言う。

その声に、聞き覚えはない。

恨みを買った覚えなら数限りなくあるが、果たして、いったい誰なのであろうか。

なにやら巨大な布袋に突っ込まれた上に縄のようなものでぐるぐると簀《す》巻《ま》きにされて公爵城からさらわれ、クリスは今、ゴトゴトと揺れる場所に転がされていた。

この振動具合からして、どうやら、クリスは馬車かなにかに乗せられて拉致《らち》されているらしい。昨夜遅くまで続いた豪雨《ごうう》のためか、道がぬかるみ、車輪の刻むリズムは安定しない。

(こんな不埒者が城内にいるなんて……)

両親が不在なことの多い公爵城内を、クリスは完璧《かんぺき》に掌握《しょうあく》してきた。今では、両親が稀に帰ってきた時ですら、プルーリオン公爵家の真の主はクリスだと誰もが承知している。そのはずが——この非常時にこんな事態になろうとは。

まさか食肉用の家畜《かちく》と間違えられたわけではなかろうが、誘拐魔のこんな蛮行《ばんこう》を許してしまうとは、信じがたい不始末である。

しかし、悔やんでばかりいても仕方がない。今は一刻が惜しい時だ。その一刻にどれだけの値を付けられようが、とにもかくにもこの不埒者と交渉しなければならない。

巨大な布袋の中から、クリスはとりあえず男の声がした方にこう言ってみた。

「——で、あなた。いったい、いくら欲しいの？」

「なんだと？」

　体の奥に響き渡るような、それでいて耳に染み渡るような低い声が返ってきた。クリスの持ちかけに少し驚いているようである。

　しかし、その声には、やはり覚えがない。

　どうやら知り合いではないようだが、この男はいったい誰なのだろうか。気にはなるが、とりあえず今はいい。クリスは、至って冷静な声で、こう続けた。

「だから、いくら欲しいのか訊《き》いているの。あたしはあなたが誰か知りたくないし、お金以外が目的でも関係ないわ。あなたを丸ごと買えるくらいのお金を用立ててしてあげるから、今すぐあたしを解放なさい」

　クリスがそう命令すると、布袋の暗闇の向こうで、喉を鳴らすような静かな笑い声が聞こえた。クリスは、縛られた布袋の中で眉をひそめた。

「……なにがおかしいの？」

「いや……。まさか、金で俺を購《あがな》おうなどという奴が現れようとは思っていなかったのでな。あいにくだが、金ならうんざりするほど持ってる。俺が欲しいのは――、金じゃなくておまえ自身だ。クリスティアナ」

　魂《たましい》の奥底に響くような低く重みのあるその声に、クリスは布袋の闇の中で大きく息を呑んだ。

（え……？　……えっ⁉）

そうだ。

公爵城の一分《いちぶ》の隙《すき》もない警備をすり抜けることができる人間が、この世にいた。

それも三人。

プリ・ティス・フォティアス王国現国王セオドアと、それから、その息子たち――。第一王子ジュリアスと、その政敵にして第二王子、グランヴィルだ。

クリスの脳裏《のうり》に、一瞬にして鮮明な映像がよみがえった。

ジュリアスの姿をわずかばかり目にした、あの夜会の晩――。ジュリアスとは反対側の黒い騎士たちの集団の中に、確かに彼はいた。血のような紅蓮《ぐれん》の瞳を光らせた、恐るべき男。悪魔に魅入られた王子と称される、グランヴィルが。

あの夜、クリスはジュリアスと同時に、双子の弟王子であるグランヴィルの漆黒《しっこく》の姿も目にしていたのだ。

(それじゃ、この男はグランヴィル王子……!?)

ようやく闇の向こうにいる男の正体に気がついて、クリスは石のように固まった。

緊張が悟られたのだろうか。グランヴィルの力強い手が、布袋の中で動けないクリスの腕を取った。その手は、想像していた以上に温かく、また不思議と優しかった。だが、続く声は悪魔の異名に相応しく、胸に迫るような不吉さをもって響いた。

「震えているのか？　……そう怖がる必要はないさ。おまえが俺をどう思っているかはわかっているが、悪いようにはしないつもりだ。少なくとも、兄上ではなくこの俺を選んで正解だったとすぐに思えるようになる」

けれど、クリスは布袋の中でぶるぶると首を振った。

「い、いえ。わたくしは、あなたを恐れているわけではありません。グランヴィル様。わたくしには、怖いものなどありませんもの」

「なに？」

「わたくしは、ただ……」

クリスがそこまで言った時であった。

馬車の外から、地面を叩く複数の蹄《ひづめ》の音が響いた。次の瞬間、馬車にもその振動が伝わり、クリスはまた息を呑んだ。すぐに、先ほど扉越しに聞いたばかりのよく通る威厳と蠱惑に溢れた声が、外から響き渡る。

「――舐《な》めた真似《まね》を、グランヴィル！　彼女を放せ！」

即座に馬の蹄の音が馬車を囲み、轟音《ごうおん》とともに馬車の扉が開かれた。それと同時に、グランヴィルの手が離され、そのままクリスは馬車の隅へと追いやられた。

「ぎえっ！」

クリスが突き飛ばされた直後、強引に馬車の中へ誰かが移り乗ってきたかと思ったら、次の瞬間には、女の悲鳴のように甲高い金属音が響いた。

この音は、以前筋肉に嵌《は》まっていたクリスが趣味で自ら指示して建造した剣闘士《けんとうし》たちが活躍する円形闘技場《コロッセウム》の汗ほとばしる最前列で、何度も聞いたことがあった。だから、すぐに何の音かわかった。鋭く刃《やいば》を磨かれた剣と剣とが嚙み合う音だ。

「やってくれたな、グランヴィル……！　僕の恋路を邪魔するとは、いい度胸だ」

「抜け駆けはあなたの方でしょう！　陛下《へいか》に俺への用命を唆《そそのか》してまで、足止めをして。よほどこの女の心を射止める自信がなかったと見える！」

「余裕がないのはおまえだろうが。公爵城に張り巡らされた抜け道すべてに兵を置いていくとは、我が弟ながら恐れ入ったぞ……！」

　華麗なる千年王国を二分する双子王子による盛大かつ壮大な兄弟喧嘩《げんか》が始まって、クリスはまず思った。

（求婚合戦!?　女の奪い合い!?　……し、しかしあなた方、取り合う女を間違えてはいませんか!?）

　絶世の美女が相手というのならともかく、この縄でぐるぐる巻きの布袋の中にいるのは、開けたあととて布袋とそうフォルムの変わらない年増のクリスである。加えていえば、我が侭放題の骨董姫の悪評は公爵領内外に轟いているはずだ。なぜにこんな事態が起きたのか。いくらなんでも、王子の錯乱振りにもほどがないだろうか。

（……いや、悠長《ゆうちょう》に突っ込みを入れてる場合じゃないわ！　とにかく今はこの隙に逃げなきゃ）

ただ動揺するなんてことは、今すべきことではない。彼らは間違いなく骨董姫に求婚してきたし、クリスはなんとしてもそれを回避したいのだ。

クリスは、公爵城から馬車で連れ去られてから脳裏に思い浮かべた地図でずっと追っていた現在位置を見極め、今だと思った。

（えぇい、行くわよっ……！）

後ろ手で馬車の扉を開け、そのままクリスは外へと勢いよく飛び出した。大当たりであった。馬車はちょうど川を横断する石橋のアーチに差し掛かり、そのままクリスは転がり落ちるように水に沈んだ。

「なっ……!?　クリスティアナ!?」

「に、逃げたのか!?」

ちょうど折りよく前夜まで続いた豪雨のおかげで、川の水量は石橋に届かんばかりに増している。その猛々《たけだけ》しい流れの中に、クリスが突っ込まれた布袋は轟々《ごうごう》と音を立てて消えていった。

見事にクリスの作戦勝ちである。逃亡成功だ。

ただし、このまま生還《せいかん》できれば、……だが。

（ぐぼぼぼっ……！　あ、あたし、死ぬっ……!?）

濁流《だくりゅう》の中で目をまわしながら、クリスはこう思った。

どうして王子たちは——揃いも揃って骨董姫などに求婚をしてきたのだろうか？　……と。

第二章　麗しき王子たちの密計

Cinderella doesn't need Glass Slippers!

——その運命の朝より、少しばかり前のことだった。

華麗《かれい》なる千年王国プリ・ティス・フォティアス王国の王城では、今日もいつもと変わらぬとある事件が起きていた。

プリ・ティス・フォティアス王国の王城は、氷炎王城《ひえんおうじょう》という。しかし、一国の主城としては、少々風変わりな様相を呈《てい》していた。

南北に両翼を成す壮麗な居館を持ち、中央やや東寄りに巨大な主塔が立っている。王都の遥《はる》か遠くにそびえる精霊深山から眺《なが》めれば、今天高く羽ばたかんとする千年王国を守護する美しい聖獣・氷炎神鳥《アイス・フレイム・バード》の姿に見えるだろう。その氷炎王城では、今日もそう——千年王国の戴《いただ》く美称がままに、華麗なる権力闘争が繰り広げられていた。

主塔を横断する巨大な十字回廊《かいろう》に控え揃《そろ》う純なる小間使《こまづか》いの乙女《おとめ》たちが、今日も胸ときめかせて敬愛する王子の登場を待ちわびていた。

「ああ、あたくしたちの愛する王子様がいらっしゃるのはいつかしら……」

「王子様の姿を垣間《かいま》見られるだけで、今日も一日頑張《がんば》れるわ。早くいらっしゃってぇ♡」

このような会話が繰り広げられるのが、十字回廊の日常である。

その王子を待って彼女たちが毎日磨きに磨いた十字回廊と大階段は、今では鏡のように光り輝いている。チリひとつない床を吐息を吹きかけて磨き続けて数刻、ついに健気《けなげ》な乙女たちの目当ての王子が現れた。

「キャーッ、いらっしゃったわ……！」

「ジュリアス殿下率いる、暁《あかつき》の騎士団のお出ましよぉっ」

天と地ほどの身分差のある彼女らは、天上人《てんじょうびと》と言葉を交わすことはおろか、目を合わすことさえ許されない。ゆえに、大階段の陰《かげ》に隠れて彼女たちはその集団を覗《のぞ》き見た。

氷炎王城南翼から現れたのは、常人ならば目が潰れるかと恐れおののくような眩《まばゆ》い黄金《おうごん》の集団であった。黄金の星章《ブレスト・スター》が胸元に輝く裾《すそ》の長いシングルの上衣に、細身のトラウザーズ。彼らの身に着ける揃いの軍服は、まさに優雅にして華麗と述《の》べざるを得まい。どの若者も美姫と見紛《みまご》うほどに麗《うるわ》しい外見を持つ――彼らこそが千年王国中の民草をときめかせる、『暁の騎士団』である。

そして、目が眩《くら》むほどに輝く彼らの先頭には、華麗なる千年王国開国以来最も美しい容貌《ようぼう》を持つと称される、神に愛された王子が立っていた。彼こそが、華麗なる千年王国が誇《ほこ》る双生の綺羅星《きらぼし》王子の一翼を担《にな》う、ジュリアス王子であった。

「ああんっ、素敵すぎる……っ」

「王子様ぁっ……！」

不敬を罰《ばっ》せられる可能性も忘れて、小間使いの乙女たちは歓声を上げた。

しかし、彼女たちの言うところの『王子』は、ジュリアスただ一人であった。

たとえジュリアスがあまねく世界のすべてに愛されたとしても、神ですらもその一角を成すとしても、……物事には常に例外がある。

今、その例外が、王城北翼から現れようとしていた。

「あっ……！」

「あれは……」

ふいに姿を見せた一団に、小間使いたちは一斉に口をつぐみ、自分という存在の発する気配を完全に消し切った。

それは――、一種異様な漆黒《しっこく》の軍人集団であった。魂《たましい》の奥底に響《ひび》く不吉な音楽をもって現れたような重苦しい雰囲気をまといながら、同時にあらゆる雑音の退いた静寂《せいじゃく》を伴《ともな》う圧倒的な存在感を放つ。

彼らはすべて、必要とあらばいつでも戦闘用の長剣を帯びることのできる実用的な大綬章《だいじゅしょう》を斜《なな》めにかけ、真夜中を思わせる色をした裾の短いダブルの上衣に包まれていた。その姿は、まさに悪魔の使者のごとき不穏さに満ちている。どの軍人も微塵《みじん》の甘さも見えない厳しい面構《つらがま》えと、一切の笑みもない無表情を湛《たた》える――彼らこそが千年王国中の民草を恐れさせる、『夜更けの騎士団』であった。

そして、彼らを率いるのが、華麗なる千年王国の双子王子の片割れ――。悪魔に魅入られた王子だった。

鴉《からす》の濡《ぬ》れ羽《ば》色をした彼の髪は、黒い流星群のように禍々《まがまが》しく艶《つや》めいていた。血管が透けるほどの白皙《はくせき》は、彫刻のような冷たい顔立ちをさらに造り物のように引き立てている。その中でたった一箇所《かしょ》、地獄《じごく》の炎のごとく燃え盛るフレイム・レッドの瞳《ひとみ》だけが、彼が伝説を生きる悪魔ではなく血の通った人間だと証明していた。

悪魔よりも悪魔的な彼の名は、千年王国の誰もが知りながら、誰もが口に出すことすらはばかる――グランヴィル王子だ。

ジュリアスとグランヴィルは、今、わずかな距離を置いて向かい合った。似ているようで似ていない美しき二人の王子。彼らはそう――二卵性の双生児なのであった。

漆黒の集団を前にした暁の騎士団の面々は、姫のように美しい相貌を不快に曇《くも》らせ、吐き捨てるようにこう言った。

「忌々《いまいま》しい夜更けの騎士団どもめ。その不遜《ふそん》な態度はなんだ」

「ジュリアス様のお通りだ、さっさと道を譲って脇に控えよ」

美しき貴公子たちの命令に答えたのは、悪魔の軍団による嘲笑《ちょうしょう》だった。

「我ら夜更けの騎士団になにを言うか、乙女のように脆弱《ぜいじゃく》な姫騎士団が」

「退《ど》くのはおまえたちだ。我らは国王陛下《へいか》のお呼び出しを受けているのだ」

しかし、当然のことながら、暁の騎士団も負けてはいない。

「悪魔に跪《ひざまず》く野卑《やひ》な騎士どもは、氷炎王城内での礼儀も知らぬようだな。国王陛下のお呼び出しは我らとて同じこと。ジュリアス様より優先されるべきものは、陛下以外にはない。わかったらそこを退かないか、愚《おろ》か者どもめ！」

「なんだと⁉」

――まさに、一触即発である。

しかし、これこそが、氷炎王城に日々起きる事件にして、日常茶飯事。この王城の平常の光景なのであった。

今にも激しい衝突が起きかねない状況を止めたのは、神に愛された王子の一声であった。

「よせ。ここは氷炎王城の主塔だ。我が華麗なる千年王国プリ・ティス・フォティアス王国を守護する聖獣・氷炎神鳥の御許《みもと》での野蛮《やばん》な行いは、この僕が許さない」

その印象的な美声に、誰もが――夜更けの騎士団の面々ですら、一瞬息を呑《の》む。

悪魔に魅入られた王子ことグランヴィルよりも、わずか十数分早くこの世に生を受けたジュリアスは、無感情にその場に立つ弟を見つめ、値千金《あたいせんきん》の微笑《ほほえ》みを美しすぎるその相貌に浮かべた。

「やあ──、幼気《いたいけ》なる我が愚弟《ぐてい》よ。今日もすこぶる不機嫌そうだね。亀《かめ》も驚くほどに鈍重《どんじゅう》なるおまえも、そろそろ己《おのれ》の身分をわきまえて、兄に道を譲り荷物をまとめてこの氷炎王城を出る覚悟はできたかな？　いくら気の長い僕でも、いい加減忍耐が限界を迎えそうなのだが」

唇《くちびる》は三日月のように優美な曲線を描き、しかし、ジュリアスのアイス・ブルーの瞳だけは射抜くように鋭く細められた。

それに対し、夜更けの騎士団の漆黒の戦士たちが牙を剝《む》く前に、グランヴィルが無表情のまま口を開く。一瞬にして静まり返った十字回廊に、ジュリアスとは対照的に低く冷たいグランヴィルの声が強く響いた。

「脱兎《だっと》がごとく、弁舌と逃げ足だけは立派な我が不肖《ふしょう》の兄上よ。忍耐が限界なのは、俺の方です。見目ばかりが麗しく実のないあなたに、この華麗なる千年王国プリ・ティス・フォティアス王国の新たな歴史を担うのは不可能であることに早くお気づきください。その華奢《きゃしゃ》な双肩《そうけん》には重荷にすぎる地位を捨て去るならば、いつでもこの俺がお手伝いいたしましょう」

今度激昂《げっこう》したのは、暁の騎士団の貴公子たちであった。しかし、今にも戦端を開こうとする子弟たちを、ジュリアスは手を上げて制した。そして、優美に微笑んだまま、ジュリアスはそっと瞼《まぶた》を伏《ふ》せた。

「今日はずいぶんお喋《しゃべ》りなのだね。だが、内容にはちっとも賛同できないな。この氷炎王城の玉座以上に僕に相応《ふさわ》しい地位が、この世のどこにあろうか。──不肖はおまえだ。陛下をこれ以上お待たせするな。さっさとそこを退け、第二王子《グランヴィル》！」

神に愛された王子の声は先ほどよりも強く、華麗なる千年王国を代々守ってきた王家の第一王子たる威厳に満ちていた。グランヴィルは、無言で目を伏せている兄王子を見つめていたが、やがて、すっとその道を開けた。

「……」

忠誠を誓った主《あるじ》に従い、すぐさま夜更けの騎士団は一糸の乱れも見せずにジュリアス一行に道を譲った。しかし、暁の騎士団もまた、ジュリアスの意思を読み取り、それ以上の挑発をすることはなく、玉座に向かい、優雅に大階段を上がったのだった。

些細《ささい》な道の先行から王太子の地位の奪い合いに至るまで、ジュリアス一派とグランヴィル一派のこの絢爛《けんらん》にして豪華なる権力闘争は——一日と日を置かずに、この氷炎王城以下華麗なる千年王国中の有力者の間で繰り広げられているのであった。

＊＊＊

「まったく……。城内の者どもにも、困ったものだ」

漆黒の闇《やみ》を写し取ったようなその美しい男は、秘密の小部屋の窓辺に立ち、小さくため息を零《こぼ》した。それは、かの絢爛な権力闘争の主役の一角を担う——悪魔に魅入られた王子、グランヴィルであった。

　華麗なる千年王国プリ・ティス・フォティアス王国王城西の隅《すみ》に位置する塔の一角で、彼は今、密《ひそ》かにある男を待っていた。

　西の塔の片隅にあるその部屋には、今、夕陽《ゆうひ》がわずかに差し込んでいる。昼と夜の交わるこの時間、プリ・ティス・フォティアス王国では種々の奇妙な出来事が起こる。そのひとつが、今グランヴィルの目の前に現れようとしていた。

　小さな丸窓から差し込む最後の陽光が赤い陽だまりを作り、窓枠が描く影が魔方陣となる。その中から生まれたのは、氷晶《ひょうしょう》と灼熱《しゃくねつ》の二つの相反した色が入り混じった不思議な鳥の雛《ひな》だった。実体の曖昧《あいまい》な幻《まぼろし》だが、この世に干渉《かんしょう》はできる。その証拠に、先ほどから、クウクウと喉《のど》を鳴らすような愛らしい産声《うぶごえ》をグランヴィルの耳に届けている。

「――また氷炎神鳥眷属《けんぞく》の雛を世話してるのかい。我が愛《いと》しき弟よ」

　生まれた時から耳にしている柔らかな声が響き、グランヴィルが顔を上げると――。そこには、黄金色《きんいろ》に煌《きら》めく繊細《せんさい》な髪を揺らし、神の造り上げた至高の芸術品かと見紛うような相貌をした待ち人が立っていた。ジュリアスだ。

「おまえはいつも獣《けもの》たちに愛されるのだね、グランヴィル。ほら、ご覧。その雛は、おまえの肩を我が巣と定めて離れようとしないよ」

　くすくすと笑って、ジュリアスはグランヴィルの逞《たくま》しい肩を眺めた。そこには、初めて目にする世界をものめずらしそうにパチクリと見つめる雛鳥の姿があった。まだ不安なのか、その頭はグランヴィルの襟足《えりあし》に預けられている。

「お戯《たわむ》れを……。まだ幼い今だけのことです。じきに、自由の翼を広げて気の赴《おもむ》く地へ飛び立ちましょう」

その言葉通り、あっという間に成鳥へと育った氷炎神鳥の眷属は、この世とこの世ならざる異界の中間に位置する半透明の体で丸窓をくぐり、闇に沈んだ彼方《かなた》の大地へと飛び去ってしまった。彼らは深い夜を切り裂いて飛び、朝陽とともに東の小塔に還《かえ》って果てると、また新たな命を持って西の塔で生まれ直す。

こんな古代から続く神秘の魔法が、氷炎王城内にはいくつも息づいている。

建国以来、プリ・ティス・フォティアス王国には、内戦はあっても他国からの侵略は許していない。その理由は、大陸との間を隔《へだ》てる荒海ばかりではなく、こうした太古の秘法が王国を守護し続けているからだ。魔法使いが国中を闊歩《かっぽ》していた時代は去ったが、妖精や小鬼などの人外の姿ならば今でもあちこちで見られる。

だが、いささか、長く平和が続きすぎた。

昨今のプリ・ティス・フォティアス王国の歴史は、内輪揉《も》めというひと言だと断じて相違ない。そして、そのことこそが、この美しき双子王子を悩ませる頭痛の種なのであった。

今、西の塔は、薄暗闇に包まれている。

鋭い瞳の下に隈まで透けて見えるような白皙の顔を上げて、グランヴィルは闇の中でも輝くような兄王子を見つめた。

「……それで、陛下はなんとおっしゃったのですか？　兄上」

「煮え切らないね。どうも今日は、僕を王太子に推《お》したいような口振りではあったが」

「では、昨夜最後に話したペリブレプトス伯爵《はくしゃく》の影響でしょうね。陛下は確固たるご自分のお考えというものをお持ちでなく、なにかと他人《ひと》の進言や注進に影響されやすい方ですから。いつも、最後に話した者の意見に染まります。……ですが、いい兆候《ちょうこう》です。このまま行けば、兄上が次代の国王となるでしょう」

　無表情のままそう言うと、グランヴィルはおもむろにジュリアスの前に跪き、その手を取ろうとした。このあと捧《ささ》げられるのは、忠誠の証《あかし》である手の甲《こう》への口づけである——しかし、その前にジュリアスの長い脚《あし》が跳ね上がった。顎《あご》先を蹴《け》飛ばされる寸前に、グランヴィルは体を引いて立ち上がった。

「冗談はお止めください、兄上。俺はあなたが好きですが、痛いのは好きじゃない」

　双子でありながら、身長は弟の方が少し高い。弟を見上げるようにして、ジュリアスはこう答えた。

「今のはおまえが悪い。ふざけるなよ、僕の愛しい優秀な弟よ。おまえとて、そのような発言は許さない」

ジュリアスは小さく肩をすくめ、やれやれとばかりに嘆息《たんそく》した。

「それにしても残念だな、やっと少し期待が持てるかと思ったところだったのに。……こんなことなら、やはり『次代の王はグランヴィルしかいない』とおっしゃった三日前に、さっさと陛下を葬《ほうむ》って差し上げるべきであったかな」

「それこそ不敬です。兄上」

兄にだけ見せる笑みを唇に上らせ、グランヴィルがフレイム・レッドの瞳を和《やわ》らげた。そして、ジュリアスにこう返す。

「あなたを大逆罪で処刑するくらいなら、俺は死んだ方がマシですよ」

「嘘《うそ》をつけ。死なないよ、おまえは。そんなことで簡単に、己の責務を放り投げるような男じゃない。そのことは、兄であるこの僕が一番よくわかっている。だから僕は、おまえを王に推しているのだ。グランヴィル」

グランヴィルが笑ったのにつられたように、ジュリアスも喉を鳴らして笑い出す。いついかなる時も表情を崩《くず》さない弟の笑顔を見ると、いつも兄はともに微笑んでしまうのだ。

「僕らは不幸な兄弟だな」

「まったくです」

二人は、静かに笑い合った。

この容姿端麗にして不幸なる双子の王子は、生まれてから十年あまりも、互いに存在は知りながらも顔を合わせずに育ってきた。それは、ひとえに優柔不断の父王と、過大に兄を可愛《かわい》がるあまりに弟を廃そうと努めた今は亡き生母の謀略《ぼうりゃく》による賜物《たまもの》であった。

互いに初めて顔を合わせるその日まで、ジュリアスとグランヴィルは、血を分けた敵王子はこの華麗なる千年王国を滅ぼす最悪の災禍《さいか》にして生涯《しょうがい》の仇敵《きゅうてき》であり、正当なる王位継承者として相手の生命を断つことこそがその身に刻まれた宿命だと教えられて育ってきた。

しかし、子供時代を終えて互いに顔を合わせて以来、事情は変わった。公私を問わずに顔を合わせる場でわずかずつ視線や言葉を交わすうちに、二人の王子は、互いがこの世にたった二人血を分けた兄弟の絆《きずな》で結ばれていると気がついたのだ。

けれど、その時には、国中がそれぞれの王子を推す巨大な二つの派閥《はばつ》に分かれていた。もう手遅れなほどに、両陣営、憎み合って、いがみ合って。

ジュリアスとグランヴィルは、目を合わせてよく似た仕草で嘆息した。なにもかもが正反対だが、不思議といつでも二人の息はピタリと揃う。

「僕が立太子されなかった折には、僕を慕う貴族やその子弟たちはともにこの華麗なる千年王国プリ・ティス・フォティアス王国を出奔《しゅっぽん》しようと言っている。相変わらずだ。そっちは？」

「俺が立太子されなかった際には、死をもって陛下と守護聖獣・氷炎神鳥に抗議すると誓い合っております。……こちらも、相変わらずです」

「参ったね、まったく。我が華麗なる千年王国プリ・ティス・フォティアス王国の平和ぼけもここに極まれり、だ」

「そのようですね」

いつもならば、周囲に怪《あや》しまれないためにもこの辺りで双子王子の秘密の会合は終わり、また翌日からは目も眩むような絢爛なる勢力争いが繰り広げられるところであった。

だが——今日は事情が違った。

「……」

「……」

いまだ、ジュリアスのアイス・ブルーの瞳が、闇夜《やみよ》の中で悪戯《いたずら》な猫のようにきらりと煌めいている。

「覚えているかい？　かつて、愛ゆえに結婚相手を庶民《しょみん》に決めて、今にもその掌中《しょうちゅう》に差し出されようとしていた王位を蹴った男がいたね」

「ああ……。プルーリオン公爵《こうしゃく》ですか」

グランヴィルは兄の言葉に頷《うなず》き、顎先に手を当てた。

「華麗なる千年王国プリ・ティス・フォティアス王国きっての大馬鹿《ばか》者と当時は称されたようですが、今は有能な外交官として諸国をまわっているようですね」

華麗なる千年王国最南端の広大な領地を治めるプルーリオン公爵は、諸外国を常に渡り歩いている。現国王への忠誠は確かなものとのことだが、この氷炎王城に顔を出すことは滅多にない、双子王子の王位継承戦に参加していない唯一の大貴族と言えた。

「そう。庶民のうら若い娘に心奪われた痴《し》れ者《もの》、プルーリオン公爵だ」

「プルーリオン公爵夫人は、いまや戯曲《ぎきょく》や歌劇の題材になっているらしいですね。確か、題名は煙突《えんとつ》掃除婦の灰まみれ《アッシュ・ブロッティング》……」

「灰かぶり《シンデレラ》だ。それはそれは人気らしいよ。王位継承権を持つ男の運命すらもくるわせたミセス・シンデレラは、罪な女性《ひと》だね。彼女は我らが父上の求婚を蹴ったという噂《うわさ》もあるが……、本当なのかな」

「その情けない噂ばかりは、口さがなき者たちの戯言《たわごと》だと思いたいものですが。しかし、そのプルーリオン公爵がなにか……？」

不審げに、グランヴィルが眉をひそめた。

地位ばかりは高いが、中央の動きに疎《うと》く、また興味もない。そんな厭世《えんせい》的な変わり者の公爵の名が、なぜ巧緻《こうち》な策謀家である兄の口から出るのだろうか。そんな疑問が、その表情にありありと浮き出ていた。

ジュリアスは顎に手を当て、意味深に微笑んでいる。

——この二人の王子は、今年で二十六歳になる。

とっくに適齢期はすぎているのにいまだに伴侶《はんりょ》を決めていないのは、王侯にとって結婚が重要な手札《カード》のひとつだからというばかりではない。現在滞《とどこお》っている王位継承問題の最後の決め手となりかねないからだ。ジュリアス派にもグランヴィル派にも、『これは』という王子妃候補がいくらでもいる。

だが、裏を返せば……。

ジュリアスは、微笑みながら弟にこう言った。

「抜け駆けというのも卑怯《ひきょう》だし、おまえには先に言っておこうと思ってね。たまには勤勉な弟を見習って、歴史に教えを請《こ》うことにしようかと僕は思っているんだ。プルーリオン公爵には一人娘がいるだろう？」

「ええ。確か、プルーリオン公爵家には稀代《きだい》の浪費家じゃじゃ馬姫がいるという話を耳にしたことがあります。適齢期をすぎてもなお、両親が国外にいるのを良いことに厄介《やっかい》払いを免《まぬが》れ、公爵城に留まり、散財と放蕩《ほうとう》の限りを尽くしているとかいうことでしたが……」

「そう、ミセス・シンデレラの娘だ。彼女はどうやら、この華麗なる千年王国プリ・ティス・フォティアス王国でも最低最悪の評判を受けているようだね。その暴れ方は凄《すさ》まじく、悪名は公爵領内外に鳴り響いている。実に理想的だ。そうは思わないかい？　グランヴィル」

「……」

ジュリアスの挑発的で謎かけのような台詞《せりふ》を考察し、グランヴィルは、はっとしたように顔をしかめた。

「では、まさか……。彼女に求婚するというのですか？　兄上」

ジュリアスは、我が意を得たりとばかりに満足げに頷いた。

「ご名答。おまえのその察しの良さが大好きだよ、兄は。——恋に我が身を忘れ、身命を投じる。男としてのひとつの生き方だが、王侯としては最低だ。だけど、現状の場合、最適でもある。僕は、彼女を我が最愛の伴侶として迎えようと思うのだ。王位を捨てるためにね。プルーリオン公爵のように庶民の女を娶《めと》るのでもよいが、公爵を真似《まね》て自《みずか》ら王位を捨てたのだと知れては意味がない。その点、かの公爵令嬢ならば、文句がない」

大きく眉根を寄せ、グランヴィルは鋭い眼光を閃《ひらめ》かせた。

「それは……、俺は反対です。あなたには、もっと結婚すべき女がいくらでも……」

「だが、恋の絶えざる従者である僕らしい身持ちの崩し方でもある。すべては地位や立場を超越した揺るぎなき真実の愛のためだと説けば、諸侯たちの目も覚めよう。二君に仕えることはできない——とね」

ジュリアスは天使のような表情で甘く優雅に微笑み、自分より背の高い弟の肩を叩《たた》いて目を伏せた。

「おまえに告げずに彼女に求婚するのは気が引けたのでね。では確かに伝えたぞ、我が弟よ」

それは、事実上の勝利宣言だった。

長らく続いた王位継承権争いに――水面下では、双子王子による王位の押し付け合いであったが――、ついに兄であるジュリアスが決着をつけようというのだ。『結婚』という、王侯最大の手札を無駄切りするという手段を使って。

ジュリアスはそのまま部屋を出ようとしたが、その前に、しばらく黙り込んでいたグランヴィルが口を開いた。

「あなたがそういうおつもりならば」

「！」

「俺も、その――貰《もら》い手のいない公爵令嬢に求婚します。その女と結婚すれば、確かに王位の道は完全に閉ざされる。さすがは兄上だ。この上なく素晴らしい打開策です。やはり、あなたこそが我が華麗なる千年王国プリ・ティス・フォティアス王国の王位に相応しい。……だが、その女は、俺が貰います」

弟のその厳然たる挑戦に、兄王子は嘲笑を浮かべて振り返った。

「女に興味のないおまえが？　この兄に恋で挑むと言うのか」

「二言はありません。初めて本気で愛した女に身も世もなく入れ込むというのも、軍務ひと筋に生きてきた男になら起こり得そうなことでしょう。……兄上は、お忘れですか。俺が真剣に戦って——勝てなかった男は今までに一人もいないということを」

「……」

双子王子は、すっかり夜の闇に満ちた小さな部屋の中で、初めて邂逅《かいこう》したあの瞬間以来の火花を互いの視線の先に散らした。

「……なるほど。おまえの覚悟はわかった。この賢兄《けんけい》に逆らったことを、心から後悔するがい い。我が親愛なる愚弟よ」

「兄上こそ、生まれて初めて地に伏して砂を噛《か》むご覚悟をどうぞなさってください。そして、どうぞそのまま潔《いさぎよ》く、この華麗なる千年王国プリ・ティス・フォティアス王国の王位にお就《つ》きください」

そう言ってグランヴィルは、自分に背を向けて部屋を出ていく兄王子に跪いた。

こうして——二人の絆深い美しい双子王子は、ここに名実ともに本物の好敵手《ライバル》となったのであった。その中央に、こんな事情をいまだ露《つゆ》ほども知らない骨董姫《ミス・アンタッチャブル》を置いて。

＊＊＊

——さてさて、時と場所は変わって、その骨董姫のもとに話は戻る。

この迷惑千万《せんばん》な双子王子から死にものぐるいで逃げているクリスは今、ゴボゴボと濁流《だくりゅう》に飲まれて目をまわしながらこう思っていた。

（ま、まずい……！　あ、あたし、死ぬ……!?）

まだ飲んだことのない銘酒《めいしゅ》も食べたことのないツマミも肉料理も揚げ物もいくらでもあるし、領内での酒類以外の飲用禁止計画も皆で太れば怖くない領内総ぽっちゃり化計画も領民の恋路を断ちに断って領内少子化からの公爵領面白滅亡計画も遂行《すいこう》していないし、朝寝も昼寝もごろ寝も転寝《うたたね》もまったくもってやり足りない。使っていない金銀財宝が山のように公爵城には眠っている。ぜーんぶクリスが無為《むい》に使ってやる予定だったのに、こんな意味不明な状況で現世《げんせ》を強制退場させられるとは、なんて理不尽なのだろう！

遠のく意識の中でこの世への不平不満をぶちまけて、クリスは昇天の瞬間を待った。死神《しにがみ》に喧嘩《けんか》を売る準備はできていた。

——しかし。

ふいに、クリスは水流の中で力強く抱きしめられた。そのまま、クリスは誰かの腕に抱かれながら、やがては無事に川岸にたどり着いた。

「……逃げ足だけは俊敏《しゅんびん》だと前々から思っておりましたが、まったく、あなたの無謀っぷりには脱帽させられますよ。よくぞそこまで、わたしを信じられましたね。まあ、致死《ちし》寸前にあの奴隷《どれい》商から救い出してもらったんですから、ご恩には命を懸けて報《むく》いるつもりではありますが。

——さあ、あなたの可愛い下僕《げぼく》がお助けに上がりましたよ、クリスお嬢様」

「ぷっ……、ぷはっ！」

　先ほどまで世界のすべてであった布袋の作る闇が切り裂かれ、クリスの視界に光が満ちた。久方振りに見た太陽が目に沁《し》みる。まさに、九死に一生である。

「こ、今度ばかりは死ぬかと思ったわよ、ステファニーちゃん……！　水の中で、独身のまま亡くなった大伯母《おおおば》様があたしの足首を摑《つか》んで離さなかったわ……！」

「まあね、わたしも死んだと思いましたよ。……あらやだ。クリスお嬢様ったら、せっかく助け出してあげたのに、布袋とお顔がおんなじ！　まん丸で水を吸っちゃって皺《しわ》くちゃ！　大伯母様に取り憑《つ》かれたみたいな顔になっちゃってますよ⁉」

　ようやく布袋から助け出されたクリスが見上げると、そこにはケタケタ笑う見慣れた侍女《じじょ》の顔があった。ほっとした途端、喉の奥からごぼごぼと水が溢《あふ》れてくる。酒類以外の液体をこんなに飲んだのは久しぶりである。

「げほげほっ、ごほごほっ……。……ああ、生きててよかった。まさかまた、このあたしが太陽を美しいと思える日が来るなんてね。でも、きっと助けてくれると思っていたわよ。偉い偉い」

　さっきまで神を呪《のろ》わんとしていたのも忘れて、クリスはステファニーの艶やかな栗色の髪を撫《な》でた。けれど、猫のように気持ちよさそうに目を細めている侍女に、クリスはすぐにこう言った。

「……でも、太陽神は気まぐれでつれないわね。もう隠れてしまったわ。昨夜公爵領を水浸《みずびた》しにした雨雲が、気分を変えてまた戻ってきたようよ。すぐにも雨が降るでしょう。頑張《がんば》って働いてもらったばかりだけど、休んでいる暇はないわ。金銀財宝による買収の効かない忌々しい王子どもが、すぐにも追ってくるでしょう。当然逃げる準備はしてきてるんでしょうね？　ステファニーちゃん」

見上げれば、クリスの言葉通りであった。雲間から覗いていた太陽があっという間に隠れ、どす黒い重量級の雨雲が、どんどん育っていっている。その果てに、遙か王城から飛んできた神秘の鳥の姿がちらりと横切ったような気がした。魔法の翼すらも隠す天気は追っ手を撒《ま》くには都合がいいが、かといってもたもたしてもいられない。

侍女は、クリスの言葉に肩をすくめて答えた。

「もちろんですとも、クリスお嬢様。この程度のあなたのご命令を事前に予測できないようでは、お気に入りの侍女の座なんかすぐに追われてしまいます」

そう言って、侍女は川岸を指差した。そこは、準備よく逃走用の衣装類が揃っていた。

公爵城から真北にしばらく進むと、深い森が広がっている。

華麗なる千年王国建国以前からそこにあったといわれるその森には、かつて奥にある泉で斧森の中へと逃げ込んだ。クリスとステファニーは、急いでを落とした樵《きこり》がいたとかいないとかいう伝説が残っている。

逃走のさなか、ついに暗い空から重い雨粒が落ち始めた。あっという間に雨は土砂《どしゃ》降りに変わり、外套《がいとう》で雨粒を避けて、クリスとステファニーは森の奥へ奥へと進んでいった。

その先には、丘の上に建てられた小さな樵　小　屋《ランバージャック・コテージ》があった。

樵小屋で、クリスとステファニーはしばし休息を取ることに決めた。しかし、中を覗いてみると、勝手に忍び込んだらしき小妖精たちが、樵小屋に落書きをして遊んでいた。

（……無法者の先客がいらっしゃいますね。人外だけに面倒くさい相手ですが、どうします？）

（ここはあたしの領地よ。決まってるじゃない）

あっさりとそう答え、クリスは心身から溢れ出る太ましい威圧感をもって樵小屋へと入った。

「あなたたち。……ここが誰の治める領地の小屋だか知ってのその狼藉《ろうぜき》なのかしら？」

「……ヒッ⁉」

来客の正体を悟ったらしき小妖精たちは、息を吞んだ。しかし、すかさず幼児のようなくりくりとした瞳でクリスを見つめ、愛らしく微笑んで近づいてきた。その先頭を行く命知らずの額《ひたい》をクリスが爪先《つまさき》で蹴飛ばすと、小妖精たちは背中に隠した物騒なナイフを取り落とした。

「ヒィッ……⁉」

「このあたしを騙《だま》そうだなんて、いい度胸ね。でも、女なら誰でも小妖精やら小動物やらに油断する甘ちゃんだと思ったら大間違いよ」

そんな見目愛らしい類《たぐい》のものにクリスが興味を抱いたことは、一瞬たりともない。化けの皮を剝《は》がされて怯《おび》えている小妖精たちの前に、クリスは公爵城を抜け出す時に密かに懐《ふところ》に仕込んでおいた金貨をバラバラと不遜に撒いた。背後で、呆《あき》れたように侍女が『そんな金貨《もん》をいつの間に……』などと言っているが、今は無視だ。

「小さき者どもよ。ここは今この瞬間からこのあたしがすごす憩いの間になったの。何人《なんぴと》たりともここに滞在する許可は与えないわ。わかったら、あんたたちの大好きなその金貨を持って、そこの雨避け帽でも被《かぶ》ってさっさと消えなさい。あたしが笑っているうちにね」

暴君がごとき言い分を口にして、クリスは金貨ごと小妖精たちを追い払った。その手際を見て、ステファニーはパチパチと手を叩いた。

「……よっぽどあなたが怖かったんですねえ。誰にも従うことのない生意気で悪戯な小妖精どもが、ひと言たりとも口答えしませんでしたよ。純粋無垢《むく》なあの笑顔に騙されないなんて、さすがはクリスお嬢様ですわ」

「だって、あいつらあたしたちの何倍も年を食ってるのよ。可愛い外見に騙される方が愚かよ」

「まあそうですけど。実際目にすると、簡単には心を切り替えられないもんですわ。けど、おかげで助かりましたよ。あいつら小まわりが利くから、真正面から追い払おうと思うと結構大変なんです」

そう言うと、主に続いてステファニーも樵小屋へと入ってきた。

主と正反対に働き者の侍女は、濡れた外套をクリスの肩からちゃっちゃと手際よく脱がせた。それから樵小屋の隅にある暖炉《だんろ》に火を入れ、温かなお茶を淹《い》れる。目にも止まらぬ動きの速さだ。

どこにでもいるなんの変哲《へんてつ》もない村娘――ならぬ、なんの変哲もない村のおばちゃまに変装したクリスがお礼を言ってお茶をひと口飲む頃には、暖炉のそばを陣取ったステファニーは、手の中ですり鉢を高速で動かし、なにやら怪しげな秘薬をこねまわしていた。

一方、今にもしたり顔で村の若者に見合い話でも紹介しそうな変装をしたクリスは、ブルブルと震えていた。

「ううっ、寒いわ……。それに、大雨の轟音《ごうおん》で耳が聞こえなくなっちゃったみたい」

脂肪《しぼう》は一度冷えるとなかなか温まらないのだ。二の腕の贅肉《ぜいにく》を擦《こす》って温めているクリスに、ステファニーが声をかけてきた。

「外の音が掻《か》き消されているのには困りましたね。……ですが、このあとどうなさるおつもりなんです？　クリスお嬢様。このまま王子様方の追っ手を振り切って、他国に亡命でもいたしますの？」

「大脱出計画《エクストリーム・エスケープ・プラン》ね。お父様がお母様を口説いた時に、一案として計画したらしいけど……」

「国一番の痴れ者なんて呼ばれていらっしゃいますけど、クリスお嬢様のお父君も我が目的のためならば、なかなかおやりなんですね。でも、一人娘であるあなたに、あくどい陰謀に満ちた歴史を持つプルーリオン公爵家を終焉《しゅうえん》させるために独身を貫くよう命じたお方ですからねえ。ま、クリスお嬢様の前ですからお父君への批評は控えますけれども。とりあえず、かのお方が自分の父親じゃなくてよかったですわ」

「まあ、ああ見えてお父様も信念のある方なのよ。結婚はご自分のためになさったから、それ以外のすべてをこのプリ・ティス・フォティアス王国のために捧げようと誓っていらっしゃるの。それに、たかが一人娘の幸せよりも国の安寧《あんねい》を優先するのは、貴族として当然の務めだわ。プルーリオン公爵家の歴史は、千年王国政変の歴史と言い換えてもなんらおかしくないものだもの」

そう言って、クリスは肩をすくめた。

プルーリオン公爵家の壮大な権勢と財力は、常に氷炎王城へ陰日向《ひなた》に力を及ぼしてきた。裏から国王を操り、キングメーカーと呼ばれた時代さえあったのだ。プルーリオン公爵家という存在そのものを失《な》くせば、政争の種も相応に減ることは明白である。だから、クリスも『命を懸けてプルーリオン公爵家を滅ぼせ』という父の命令を納得して受け入れたのだ。

「……だけど、おかげで好き放題できるし、あたしも感謝はしているのよ。でも、今さら王子と結婚なんて絶対御免《ごめん》だわ。だから、あたしも国外逃亡してやりたいのはやまやまだけど……。異国に赴いて、あたしがプルーリオン公爵家の女だってことを隠し果《おお》せるかしら」

自由奔放《ほんぽう》なること縦横無尽《じゅうおうむじん》な骨董姫にも、千年王国最高位の貴族であるプルーリオン公爵家の血が一応流れている。国の内外問わず、その血を利用しようとたくらむ輩《やから》はいくらでもいるのだ。

「まったく、なんだってこんなことになったのよ……。どうして王子は、あたしみたいなのに求婚したのかしら。それも、熾烈《しれつ》な王位争いで仲の悪い双子王子が同時によ。いくらプルーリオン公爵家が千年王国一身分の高い大貴族だとは言っても、あたしという存在とお父様とお母様の合わせ技で名誉は地に落ちているわ。今さらこのあたしと結婚したところで、王位が近づくどころか……」

「この世の果てより遠のきますね。はてさて、いったいなぜこんな珍奇な事態が起きたのか」

少し考えてから、ステファニーはハタと手を打った。

「……あっ、わかった。アレですよ」

「？」

「二人の王子は特殊な性的指向をお持ちで、それを隠そうと愛のない結婚をしようとしているんです」

「ああ、なるほど。男色家の線ね。……それって、あなたの趣味ではなくて？　ステファニーちゃん」

道ならぬ男同士の愛というキーワードに過剰な興奮を示す自らの侍女に、クリスは目を眇《すが》めた。ステファニーは、瞳をキラキラさせて頬《ほお》を紅潮《こうちょう》させ、プルプルと首を振った。

「違いますよぉ、至って論理的な推察です。女を愛せない不幸な美しき男たち。当然ですね、彼らは女より美しいんですもの。不細工で浅はかな雌《めす》どもには興味が持てないんです。そう――二人の仲の悪い王子は、憎み合いながらも、皮肉にも同じ苦しみにいつも苛《さいな》まれて苦しんでいた。……いやいや、むしろ、二人は実は心から愛し合っているとか……？」

――クリスとステファニーには、ともに愛するとある娯楽作品がある。貴族から庶民まであらゆる王国民を虜《とりこ》にした『灰かぶり』を代表作に持つ戯曲作家の手による最新連作で、常に常に最新話が発表されるのを心待ちにしている、男臭《くさ》く汗臭くそして頭脳戦の要素さえも併《あわ》せ持つ超人気冒険戦闘活劇、その名も『狩人《かりうど》×狩人』である。

けれど、二人の楽しみ方は微妙に違った。クリスが読者の予想を常に上まわる物語展開に舌を巻いている間に、ステファニーはいつも血湧き肉踊るような駆け引きの罠《わな》が張り巡らされた長台詞を読み飛ばして、美男子たちの切なくも激しい絡《から》みを想像しては楽しんでいるのだ。

「あんっ、愛し合う二人の王子を引き裂く醜《みにく》い権力争い!?　燃えますわ……っ。二人が互いを結ぶ愛に気がついた時には、止めようもないほどにまわりはいがみ合っていて、どうにもできずに、ついに二人はプリ・ティス・フォティアス王国最低の公爵令嬢に求婚をっ……」

「単なる痴情《ちじょう》のもつれに国を巻き込むなっての。もしそれが真実だったら、そんなはた迷惑な二人には、手に手を取ってとっとと国外に駆け落ちでもしてもらいたいわね。……あ、ダメだわ。そんなことになったら、現国王陛下亡きあとにはお父様に王位がまわってきちゃう」

「あら、それでは順番的に、次の次はクリスお嬢様が女王陛下ですか!?　それ、アリかも！　面白いっ！」

「ステファニーちゃんのその自分さえ楽しければあたしがどうなろうが関係ないっていう利己主義な態度、正直で嫌いじゃないわ。でも、女王なんていう自由のなさそうな肩書き、あたしはお断り……」

そこまで言ってから、クリスは言葉を止めた。そして、丸々とした手をぽんと打つ。

「……あっ、そうか。そうだわ、それなんだわ。ステファニーちゃん、お手柄よ」

「……？　いったいなんのことでしょうか、クリスお嬢様」

一人でメラメラと双子王子の禁じられた関係について妄想《もうそう》を深めていたステファニーは、主に突然褒《ほ》められ、目を丸くした。

「あなたの推察、当たらずとも遠からずなんじゃないかと思うのよ。そうよ——理由はわからないけど、彼ら二人は、本当は王位を継ぎたくないんだわ。だから、プリ・ティス・フォティアス王国史上最低の王子妃を迎えようとしているのよ」

「はぁ……？」

首を傾《かし》げているステファニーを尻目《しりめ》に、クリスは額に手を当てて考え込んだ。

動機まではわからないが、双子王子の目的はハッキリした。というか、それしかない。彼らは、王位の奪い合いをしているようで、実は、押し付け合いをしているのだ。王位継承レースから自らを追い落とすなら、骨董姫との結婚ほど強力な手札はない。

「あわわわ。……ってことは、当然双子王子の求婚に女の外見は関係ないということなんでしょう。プリ・ティス・フォティアス王国一の醜女《ブス》が出てきたって二人の王子は喜んで結婚する気なんだわ。適当な美女を金貨で雇って押し付けてやろうと思ってたのに、なんてことなの……!?」

頭痛のする額を押さえて瞼を閉じたクリスに、事情を察したのかどうか、ステファニーが明るくケタケタと笑った。

「まああ、そんなに深刻にならないで。そんな表情ちっとも似合いませんよ。それより見てくださいな、出来ましたよ！　夜更《よふ》かしばかりして出来たその吹き出物を治すのにピッタリな特製美肌パックが。どんなブスでもデブでも大歓迎《ウエルカム》な王子様お二人なんですから、今さらちょっと可愛くなってもなんにも損はありませんことよ。クリスお嬢様」

ステファニーはそう言うと、目を瞑《つぶ》っているクリスの肌にペタペタとなにやらひんやりする粘液状の物体を塗りつけてきた。

「わっ!?　ちょ、ちょっと、なに……!?」

「美肌パックですってば。クリスお嬢様をちょっとは美しくしてあげようと、美容の達人たるこのわたしが自ら考案した……」

「だ、だからこんなことしてる場合じゃないんだってば！」

クリスがそう叫んだ瞬間だった。

叩きつけるような大粒の雨音に交じって、無数の蹄《ひづめ》の音が聞こえてきた——ような気がした。

クリスとステファニーは、同時に息を呑んで目を合わせた。


「ス、ステファニーちゃんは反対の扉から出ていって！　あたしはこっちから逃げるから」

「わかりました、クリスお嬢様！」

ステファニーは即座にクリスの命令に反応し、走り出した。彼女は、雨風を撥《は》ね退ける水鳥の羽毛を織り込んだ、長丈《フル・レングス》の外套を身に着けている。外套の内部に樵小屋から持ち出した無数の薪《まき》を仕込んで丸い体型《フォルム》を作り上げているから、遠目からは充分にぽっちゃり公爵令嬢に見えることだろう。

樵小屋を飛び出し、クリスは雨が降る森の丘から逃げた。水がたっぷりと大地に沁み込み、走ろうにもすぐに足元を掬《すく》われそうになる。その上、長年の運動不足が祟《たた》って、体が重い。無論のことながら、そもそもの体重も重い。おまけに目には、あの食えない侍女が最後に塗りたくっていった謎の美肌汁が垂れてジーンと沁みている。

（ああ、もう、なんてことなの!?　骨董姫ともあろうこのあたしが、自分の足でこんなに必死に走らなくてはならないなんて！　……でも、こんなことなら、自分の体で動くのを怠《なま》けていないで、毎日走り込みでもやっておけばよかったかしら。……いや、無理。走り込みとか、絶対無理！）

走り込みなど、怠惰《たいだ》とごろ寝をこよなく愛する骨董姫として、最も憎むべき所業のひとつなのではないか。走り込みをして今日この難を逃れ切ることができるとしても、敢《あ》えて怠けて森の奥で転落死でもした方がマシだとクリスは思った。

しかし、そんなことを考えたのが悪かったのだろうか。クリスは次の瞬間、本当に森の中のちょっとした落差に足を取られて、そのまま丘の上から転がり落ちそうになった。

「っ……！」

悲鳴を上げれば、居場所が知られるかもしれない。クリスは無言でズルズルと落ちていこうとした――だが、次の瞬間。

「無事かい？　僕のプリンセス」

「――!!」

こんな豪雨《ごうう》の中とは思えない優雅な声が、耳元でハッキリ聞こえた。高貴な品格に溢れ、少しの動揺もなく洗練された――ジュリアス王子の声だ。

「ぎゃっ……!?」

クリスの体はあっという間に引き上げられ、ジュリアスが手綱《たづな》を引く真《ま》っ白《しろ》な愛馬の上に体を乗せられた。

(も、もっと太っておけばよかった！)

クリスは激しくそう後悔した。

走り込みよりなにより、クリスに必要なのは肉体増量計画だったのだ。そうであれば、こんなにも簡単に王子の馬上に捕まることはなかった。しかし、一定以上太るというのも、それはそれで才能と鍛錬《たんれん》が必要なのだ。まだまだ未熟者のクリスには、今の体型が精いっぱいである。

(やっぱり人生の前半を無駄遣いしちゃったから……！)

積み重なること十と四年もの年月を浅はかに秀麗な公爵令嬢なんかを演じてみたものだから、すべての人生の歯車がくるったのである。そうに違いない。

激しく後悔しているクリスに、白馬を駆りながら、同時にジュリアスがこう囁《ささや》いた。

「ああ、よかった。どうやら大きな怪我《けが》はないようだね。ずっときみに逢《あ》いたかったのに、目の前で逃げるなんてつれない人だ。だが……、ゆっくり愛を語り合いたいのだけど、今は時間がない。悪が僕らの恋を邪魔《じゃま》しようと迫ってきているのだ。今は、ただ悪から逃れることを考えよう。さあ、僕に摑まって」

ジュリアスは、強くクリスの体を抱き寄せた。父親以外の男に抱きしめられるのは、果たしていつ以来だろうか。ぐっと眉根を寄せて体を強張《こわば》らせたクリスに、ジュリアスが微笑んだ。

「大丈夫だよ、怖がらないで。僕はきみが思うよりもずっと優しい男だ。それに、こうしてようやくきみをこの腕に抱くことができたんだ。僕はとても嬉《うれ》しいんだよ。愛しい人、僕のクリスティアナ。今はそんな場合じゃないんだが、どうしても堪《こら》えられそうにない。わずかな間でいい、その顔を僕に見せてくれるかな……」

クリスを落ち着かせようというのか、頭から被っていた粗末《そまつ》な外套を、ジュリアスがそっと外した。雨水と泥と侍女特製の謎の美肌汁で覆《おお》われたクリスの顔が、やっと外気に晒《さら》された。いっそこのドロドロの顔を見て絶望して求婚を断念してくれれば——という淡い期待をクリスは胸に抱いた。

けれど、ジュリアスの浮かべた甘い微笑みは、わずかも崩されることはなかった。ジュリアスは、心から幸せそうにクリスの薄汚れた頬に触れた。

「きみはとても美しい人だ、クリスティアナ。あの夜よりも、ずっと美しくなった。きみの顔を見ることができてよかった。これからは毎日、僕のそばでその顔を見せてほしい。笑顔を見せてくれたら最高だな。どうか、哀《あわ》れな恋の奴隷となったこの僕を悲しませないでくれ。僕と結婚して、ずっとそばにいてほしい……」

「っ!!」

クリスは、息を呑んだ。

(は、早っ！　もうじかに求婚されてしまった……！)

顔を合わせて、三十秒と経《た》っていない。どんな手八丁口八丁を使っても避けたかった事態が、即座に起きてしまった。

しかし、神をも籠絡《ろうらく》しかねないプリ・ティス・フォティアス王国第一王子の誘惑は、その途中で遮《さえぎ》られた。

「兄上！　その女は俺のものです、今すぐその手をお離しください!!」

豪雨が叩きつける音よりも鋭く低い、悪魔のように恐ろしい声が響き渡る。黒馬を駆り、すぐにもグランヴィルが率いる騎士たちがジュリアスの前に現れた。

あっと思っているうちにグランヴィルの不吉な黒馬が近づいてきて、ついさっき布袋の中で聞いたのと同じ甲高《かんだか》い音が響き渡った。

（ま、また剣っ……!?）

馬上での抜き身の剣同士での決闘が即座に始まり、クリスは目を剝いた。

「それは聞き捨てならないな。誰が誰の女だって？　僕のことはなんと言おうがいい。だが、僕のプリンセスを愚弄《ぐろう》することはこの命に代えても許さない！」

「あなたともあろう男が、くだらない茶番を。そこまで言うのであれば、この俺が今すぐその軽口を後悔させてみせましょう。すぐにあなたにもわかるはずです。その女を娶るに相応しい男は、俺以外にいないのだと！」

（……あ、あわわわ……！）

間近で見る本物の長剣を用いた決闘は、クリスが領内に造った円形闘技場《コロッセウム》での手に汗握る戦闘を思い出させた。しかし、円形闘技場で戦う剣闘士《けんとうし》たちは見世物としての戦闘に特化した職業家だし、相手に深手を負わせないなどの掟《ルール》もあり、審判もいる。あれは、安全の保証ある娯楽としての戦闘なのだ。今目の前で繰り広げられている決闘とはまったく違う。

さらには、この男たちは、プリ・ティス・フォティアス王国の双子王子である。本物の鋭い刃《やいば》で斬《き》りつけ合って、万一のことがあったら――。

（国一番の痴れ者と評判のお父様が国王になって、その次はあたしが女王!?　そんなの、冗談じゃないわっ……！）

クリスは、今の自由気ままな人生を手放すつもりはないのだ。悪名高いプルーリオン公爵家の財産を好き勝手に浪費し、誰の役にも立たないことで誰もの役に立つ。そんな珍妙愉快《ゆかい》でとっても楽しい人生を最後までまっとうしたいだけなのに、こんなささやかな望みにさえも岩壁のような試練を課すとは、神とはなんと残酷なのであろう。

（女王なんて絶対嫌！　王子妃も女王も、無理、無理、無理っ……!!）

我が身に起きかねない最悪の悲劇を想像して、クリスは背筋をぞぞぞと震わせた。だから、次の瞬間にはクリスはこう叫んでいた。

「おっ、お待ちください！　ジュリアス様、グランヴィル様!!　お二人の気持ちはわかりましたから、どうぞこのわたくしに免じて、今はその剣をお収めくださいませ――!!」

「！」

「クリスティアナ……！」

はっとしたように、一瞬二人の王子が動きを止める。しかし、彼らはすぐに向かい合って、また馬上での決闘を再開した。

「案ずるな、クリスティアナ。その男の腕に抱かれて不快だろうが、もう少し待っていろ。すぐに兄上を倒しておまえを救い出す。そうしたらすぐに、結婚するぞ。俺を選んだことを、決して後悔はさせない！」

「クリスティアナ。いくらきみの願いと言えども、それだけは聞き届けられない。償《つぐな》いはあとでいくらでもしよう。だから今は、僕の勝利をそばで祈っていてくれたまえ。愚弟を倒した暁には、この僕がすぐにきみをこの世で最も幸せな女性にすると約束しよう！」

（ダメだ！　この人たち、ちっともあたしの話を聞く気がないっ……）

さすがは華麗なる千年王国の双英雄である。

双子王子の激しい声と争いを目《ま》の当たりにして、クリスは必死に頭を働かせた。彼らと結婚する気は毛頭ないが、彼らに死なれてはもっと困るのだ。

「おっ、お言葉でございますがっ……！　決闘の結果勝った王子様と結婚するなんていう浅ましい行い、わたくしにはとてもできません。そんなはしたない真似をするくらいなら、今すぐ舌を噛み切って死にます！」

「――!!」

「なんだと……!?」

今度クリスが口にした言葉には、先ほどのよりは効果があったようだ。やっとのことで、王子たちがその手に持った美しい剣の動きを止めた。

目をまわしそうになりながらも、なんとか少しでも時間稼ぎしようと、クリスは思いついた台詞を端から口にした。

「ですから、今朝お二人から求婚を受けたばかりで、わたくしの心はまだ決まりかねているのです。それなのに急に決闘だなんて、わたくしにはとても耐えられません！　この身命をプリ・ティス・フォティアス王国に捧げることに異存はございませんが、それでもどちらかの王子様と結婚すればもう御一方とは結婚できないのは自明の理《り》。ならば、わたくしに真の愛とはなんであるか今しばらく吟味《ぎんみ》し理解する時間をくださるくらいのご慈悲《じひ》をくださってもかまわないのではありませんか？　恐れながら、お二人がどのような方なのか、わたくしはまだよく存じ上げないのですから……！」

「では……」

「俺と兄上、どちらと結婚するか決めるために、時間が欲しいということか？」

動きを止めてこちらを見ているジュリアスとグランヴィルにそう問われ、渡りに船とばかりにドロドロのグチャグチャの顔をしたクリスはこくこく頷いた。

「その通りでございます」

二人の王子は、互いを相手取った敵愾心《てきがいしん》に燃え盛るような瞳を剣よりも激しく絡ませ、それから頷き合った。

「きみの気持ちはわかった、クリスティアナ。苦しめて申し訳なかったが、もう二度ときみにこんな思いはさせないと誓うよ」

「同意だ。確かに兄上にも王子という身分がある。おまえの心がどこにあろうと悩む気持ちもあるだろう。――では、これからともに氷炎王城へと入り、俺たちはおまえから結婚のための時間を貰うとしよう」

グランヴィルのその提案に、ジュリアスがすんなりと首肯《しゅこう》した。

「それがいいね。では、等しく時を僕と弟それぞれとすごし、どちらの求婚を受けるか、クリスティアナに決めてもらうというのはどうだろう」

「受けて立ちましょう、兄上。案ずるな、クリスティアナよ。そう時をかけずにおまえの心を決めさせてみせる」

いつの間にかジュリアスとグランヴィルは、勝手にそう話を進めていた。

途中までこくこくと二人に相槌《あいづち》を打っていたクリスは、ハッとして眉をひそめた。

（あ、あれ……っ？）

なんだかおかしい。

さっきまで真剣を用いた決闘をしていたのに、なぜこの双子王子はこんなにもすんなりと談合を進めているのだろう。違和感の正体について少し考えてみて、クリスはようやく自分が今この瞬間までどうして逃げていたのかを思い出した。自らの二本の足で走ってまでクリスが大嫌いな汗を流したのは、彼ら二人からの求婚を避けるため、つまりは結婚から逃れるためだったのだ。

（も、もしかしてやられた……!?　あたしとしたことがっ……!!）

結婚から逃れるはずが、いつの間にかクリスは、どちらかと結婚する方向に将来を固定されていた。

ようやく、クリスは気がついた。

こちらが双子王子の狙《ねら》いを悟ったように、彼らもまた、布袋に入ったクリスが強引に二人の前から逃げ出した瞬間に悟ったのだ。クリスが――、二人の王子との結婚から、本気の命懸けで逃れたがっているのだと。

そこで、ジュリアスとグランヴィルは一時休戦することにして、とにもかくにもこの求婚劇自体からクリスを逃さないように謀《はか》らんと一芝居打つことにしたのだ。今のクリスの台詞を引き出すために。

最初の馬車での決闘はともかく、今の馬上の果たし合いはクリスを双子王子のどちらかと結婚するという二者択一の場に引きずり出すために仕組まれたものだったのだ。

「僕らとともにすごした彼女がどのような結論を出そうと、あとで吠《ほ》え面をかかないようにな、愚弟よ」

「俺の台詞です、不肖の兄上」

ふっと会心の笑みを交わし合って、双子の王子たちは会話を終えた。その会話の裏には、秘密裏の作戦が成功した喜びが見え隠れしている。一人の女を取り合っているとは、そして王位を奪い合っているとは到底思えないような、一分《いちぶ》の隙《すき》もない息の揃い方である。

いつの間にか豪雨は止み、雲が切れて星がちらほらと見え始めていた。星降る夜空の下で、クリスは思いっきり歯噛みしたのであった。

(は、嵌《は》められた――!!)

＊＊＊

(……どうしてこうなった……)

あのままクリスは、抗《あらが》いようもなく氷炎王城に向かう馬車へと押し込まれてしまった。もちろん二人の王子も同乗しており、逃げることはできなかった。プルーリオン公爵領から神鳥《しんちょう》王都への道行きの途中、クリスたちは夜が明けるまでルッキオラという町で休憩することになった。ルッキオラは、貴族たちの保養地として有名な美しい町で、王族専用のカントリー・ハウスがある。

カントリー・ハウスの中で、クリスは――ダラダラと大粒の脂汗《あぶら》を流していた。

クリスは今、カントリー・ハウスにある滾々《こんこん》と湧き出る清らかな湯を湛えた広大な浴槽に浸かっているのだ。それも、二人の華麗なる王子と一緒に。あの――どこにでもいる村娘ならぬ、村のおばちゃまに変装したままの姿で。

「……ああ、やっと泥が落ちて綺麗《きれい》になったね。ねえ、クリスティアナ。俯《うつむ》いてばかりいないで、その顔を僕にちゃんと見せて」

「いや、まだここが汚れているな。さあ、俺が拭《ぬぐ》ってやる。黙り込んでないでちゃんと返事をして近くに来い。クリスティアナ」

さすがにクリスを思いやってか、ジュリアスとグランヴィルは真っ白なバスローブを身に着けていてくれている。が、しかし、このあとの展開次第ではわからない。……と思うと、クリスは気が遠くなりそうであった。

「あの大雨に打たれては、ずいぶん体が冷えてしまっただろう。僕にきみの体を温めさせてはくれないのかな」

「いや、おまえを他の男に温めさせるわけにはいかない。さあ、寒いならもっと俺のそばに来い」

ちゃぷんと音を鳴らしてジュリアスとグランヴィルが湯を動かせば、たぷんと音を鳴らせてクリスが腹肉を揺らしてビクつく。なんの喜劇《コント》だ、これは。

黙り込んでいるクリスに、王子たちが次々に愛を囁いた。

「きみは本当に愛らしい人だ、クリスティアナ。今までの僕は、なんて愚かだったんだろう。きみのように魅力的なプリンセスを、この華麗なる千年王国プリ・ティス・フォティアス王国の彼方で一人待たせていただなんて。どうか哀れな恋の奴隷となったこの僕と結婚してほしい」

「この男の戯言を聞くな、クリスティアナ。おまえは、俺だけを見ていればいい。俺を選べば、命に代えてもおまえの願いをすべて叶《かな》えてやるし、この世の誰よりも幸せにしてやる。だが、もし俺を選ばなかったら……。……わかるな？　答えは出ただろう。さあ、俺と結婚しろ」

「僕を愛して、クリスティアナ」

「俺を欲しろ、クリスティアナ」

二人の王子の求婚に、クリスは心底から震え上がった。

「……っ」

魂を口から飛ばしそうになりながらも、クリスは二人の王子にこう宣言した。

「ど――、どちらのお申し出もお断りです、両殿下。わたくしの人生には、王子様もガラスの靴《くつ》も必要ありません」

もし、ガラスの靴なんてものが目の前に差し出されたら、クリスなら全力でたたき割る。クリスはそういう女だ。さらにいえば、そもそもからして、ガラスの靴などという繊細そうな代物が、この太足にはいるわけもない。

しかし、そう思ってクリスが立ち上がろうとすると、その両手を同時にジュリアスとグランヴィルが摑んだ。それはクリスがバランスを崩す絶妙なタイミングで、そのままクリスは二人の王子の上に倒れ込んでしまった。

「っ……！」

「今、彼女はなにか言ったかな？　聞こえたか、グランヴィル」

「いいえ、まったく。空耳でしょう、兄上」

絶対逃さない――とばかりに、二人の王子はクリスの肉付きのいい腰に同時に腕をまわした。

（うっ……、うう……！　絶対、絶対、逃げてやるんだからっ……!!）

クリスは、俯いたまま強く胸にそう誓ったのだった。

第三章

Cinderella doesn't need Glass Slippers!

水晶宮と紅玉宮と仮面の祝祭《サバト》

そして、ついに、クリスは氷炎王城《ひえんおうじょう》へと連行された。恐ろしいことに、待遇は王子自《みずか》らが招いた第一級の賓客《ひんきゃく》、つまりは王子妃候補である。今は、氷炎王城中央にそびえる主塔を氷炎《アイス・フレイム》・神鳥《バード》の首とした時の左翼——王城南方に位置するジュリアスの居館、水晶《すいしょう》宮にクリスはいた。

水晶宮は、その名の通りクリスタルを基調とした調度に溢《あふ》れ、まるで氷の中にある宮殿のようであった。見渡せば、透き通った氷の結晶のようなクリスタル製のシャンデリアが煌《きら》めきを氷柱のように零《こぼ》し、床に光の雫《しずく》を滴《したた》らせている。

あまりに素晴らしい光景で、目が眩《くら》みそうだった。

（……お金なら、あたしも山のように持ってるんだけど。それから、武装した精鋭部隊も……）

しかし、この氷炎王城でそれらは役に立つまい。金銀財宝で寝返ったり、武力による脅《おど》しで怖気《おじけ》づくような配下を、あの王子が従えているとは到底思えない。

激しい頭痛に、クリスはこめかみを押さえた。

さっきまで水晶宮の麗《うるわ》しい女官《にょかん》たちがクリスの全身を、眉をひそめながら細々《こまごま》採寸していたところだ。なんでも、この水晶宮の主《あるじ》であるジュリアスが、クリスのために贅《ぜい》を尽くした特注のドレスを作りたがっているらしい。

特注なのは、ディティールに凝《こ》るためではなくサイズがゆえじゃなかろうか――というのはクリス以外も考えるようで、目も合わせようとしないうら若い女官たちから、聞こえよがしな肥満《ひまん》女だの年増女だのと罵《ののし》る声が上がった。

（青いなあ……）

若さとは、なんとまっすぐで残酷で純粋で愚《おろ》かなのであろうか。誰も彼もが疑いもせず、クリスが望んでここにいると思っている。

無論のこと、クリスからしてみれば馬鹿馬鹿《ばかばか》しくて腹を立てる気も起きなかった。というか、そういう類《たぐい》の嘲《あざけ》りを腹立たしいと思ったことがクリスにはなかった。むしろ、その愚直《ぐちょく》なほどの素直さが若干眩《じゃっかんまぶ》しくすらある。

（あたしにもあんな時代が……。……いや、ないか）

クリスは、一人でちょっと肩をすくめた。自分はそんな可愛《かわい》げのある女ではない。

まあ、若気の至りにまともに向き合っても仕方がない。彼女たちは見たままの真実を述《の》べているだけであるし、――主人であり王子でもあるジュリアスの将来を思えばこそ、クリスは憎んでも憎み足りない存在であろう。なにしろ彼女たちの主人は、クリスと結婚したが最後、王位継承レースから退《しりぞ》くばかりか、この歴史ある氷炎王城からすら追い出されかねないのだ。ジユリアス派からしてみれば、クリスは疫病神《やくびょうがみ》よりもおぞましい存在だろう。

けれど、当のジュリアス自身は、下々の者たちの心配など、どこ吹く風であった。


女官たちが消えると——。水晶宮で最も美しい氷のクリスタルが、魔法のように目の前に現れた。神に愛された王子の双眸《そうぼう》をひと際美しく飾る、冷たいアイス・ブルーの瞳《ひとみ》である。黄金色《きんいろ》に輝いているようにさえ見えるその男の名を、クリスは小さく呟《つぶや》いた。

「ジュリアス様……」

「——やあ、愛《いと》しいクリスティアナ。女官たちがようやく役目を終えたようだね。ずいぶん遅かったな、あとで彼女たちを叱《しか》りつけておこう」

ずっとそばの部屋ででも待っていたのだろうか。ジュリアスは、女官が消えた瞬間に現れた。

「彼女たちは真面目《まじめ》に職務を全《まっと》うしておりましたわ。わたくしの体型は規格外ですから、少々戸惑《とまど》ってしまったのではありませんの。この程度のことで叱ってはなりませんわ」

クリスが肩をすくめると、ジュリアスはすぐにこう言った。

「それがきみの願いならば、もちろんそうするよ」

その美しすぎる相貌《そうぼう》に甘く艶《つや》っぽさに満ちた微笑を浮かべながら、ジュリアスはクリスの前に跪《ひざまず》いた。そして、耳の心地よいところを絶妙にくすぐるようなその声で、クリスにそっと囁《ささや》きかけた。

「よかった。きみが僕の知らぬ間にまた消えてしまったらどうしようかと案じていたんだ。きみとまたこうして無事に逢《あ》うことができて、僕はこの上なく幸せだよ」

「……また、意地悪なご冗談を」

クリスは、むすっとしてそっぽを向いた。

「この水晶宮中に、わたくしがまた逃げ出さないようにと厳重な見張りを置いていらっしゃるくせに。わたくしに、自由はありませんことね」

ぽっちゃりと丸い頬《ほお》をますますむくれさせたクリスに、ジュリアスは悪びれもせずにこくりと頷《うなず》いた。

「ああ、怒った顔もこの上なく愛らしいね。クリスティアナ。もちろん、可愛いきみが今言った通りだとも。だって、きみをもう二度とこの手の内から逃がしたくないからね。僕は、もうきみ無しでは一瞬だって生きていられそうにないんだよ。でも、きみのために、ほら──きみに仕えるあのお気に入りの侍女《じじょ》だけは、この氷炎王城への帯同を許しただろう？」

もちろんその侍女とは、ステファニーのことである。

ステファニーは今、氷炎王城の女官用のお仕着せに身を包んでいる。それは、いわゆるメイドが着る、ペチコートでふわふわとスカートを膨《ふく》らませた黒を基調とした色合いのエプロンドレスである。侍女はクリスにひらひらと手を振り、その間にも、ジュリアスに見惚《みと》れて色目を送ってみたり、追い詰められているクリスを見て腹を抱えて大笑いしたりしている。

そのステファニーには一瞥《いちべつ》も送らずに、ジュリアスは跪いたまま、そっとクリスの白く丸っこい手を取った。

「どうかこの僕に、きみの手に永遠の忠誠を誓う口づけをすることを許してくれるかい？」

「嫌です。というか、この手の会話はもう止めませんこと？　こんなに嘘《うそ》と探り合いばかりの会話では、お互いに気疲れしてしまうでしょう」

これみよがしに大きくため息をついてジュリアスの手をさり気なく解き、クリスは立ち上がった。そして、ジュリアスから距離を取ると、なるべく間近では見ないようにしていたアイス・ブルーの瞳を見据《みす》えた。

「そろそろ、お互い腹を割ってお話しいたしましょう。麗しいジュリアス様。わたくしに協力できることならいたしますゆえ、どうぞ、あなた様がそうまでしてこのわたくしと結婚なさりたい理由をご忌憚《きたん》なくお教えくださいませ」

「ふーん……。というと？」

クリスが隠し持っているすべての秘密を探るように、ジュリアスが見つめている。その視線の甘い誘惑に負けまいと、クリスはこう答えた。

「目的の方はだいたい察しがついておりますことよ。あなた様とグランヴィル様は、お二人とも、この華麗《かれい》なる千年王国プリ・ティス・フォティアス王国の王位をお継ぎになるのがお嫌なのでしょう。だから、わたくしみたいな女に揃《そろ》って求婚したんですわ」

氷炎王城内では、我が国の美称たる『華麗なる千年王国』という冠《かんむり》を外して国名を口にすることは不敬とされている。かつて魔法があまねく世を満たし、強力な魔術師が氷炎王城に常駐していた時代の古語だという国名ですら、長ったらしくて舌を嚙《か》みそうなのに、とてつもなく面倒くさいしきたりである。

だが、致し方ない。今は、真剣勝負の時なのだ。この相手には、当然ながら財力やら軍事力やらというういつものクリスの武器は通用しない。だから、クリスはジュリアスに強く迫った。

「いかがです？　ジュリアス様」

「……」

見つめ合うこと、数秒。瞳を見た者すべての心を蕩《とろ》かすという千年王国一の美貌を誇《ほこ》る神に愛《そ》された王子との対決は、少々クリスに分が悪かった。クリスは、早々にジュリアスから目を逸らした。

すると、その隙《すき》を突くように、ジュリアスがうしろからクリスを抱きしめた。

「っ……」

ビクッと体が固まりかけるのを、クリスは必死に理性で制した。この王子にこれ以上優位に立たれるのはごめんだ。

クリスの内心を悟っているのかどうか、ジュリアスはさっきよりも低い声でこう囁いた。

「きみが好きだから。——というのでは、求婚の理由に充分ではないというのかな」

「……その通りでございます。わたくし、正直でない男は好きませんの」

精いっぱい虚勢を張って、クリスは平静な声でそう答えた。そんなクリスに、ジュリアスはふっと笑った。

「でも、嘘を好かないわけでもなさそうだね。愚かな恋の奴隷《どれい》のこの僕には、今のきみの『正直でない男は好きじゃない』という台詞《せりふ》すら、真実かどうか判断ができない」

「……」

ジュリアスの鋭い指摘に、クリスは眉間《みけん》に皺《しわ》をぎゅっと寄せた。嘘つきは、嘘と真実を見分ける鋭い目を持っているものだ。クリスもジュリアスと同類であるからか——、そのことがよくわかった。

(同類、か……)

ジュリアスも、同じことを思っているのかもしれない。眉根を寄せているクリスに、ジュリアスはこう言った。

「僕は、一糸纏《まと》わぬありのままのきみのすべてが知りたい。そして——、きみもまた、この僕の真実を知りたがっている。つまり、僕らは一緒のことを求めているということだ。ねえ、可愛いクリスティアナ。こういうのはどう?」

「?」

「きみがそうまで言うのなら、質問遊戯《ゲーム》をしようじゃないか。お互い、相手に知りたいことを質問する。答えを口にするまでの時間は、質問された者は、質問した者の自由になること。どうだい？」

「えっ……？」

「つまり、どれだけ相手が答えに窮《きゅう》するほどの核心を突く質問をできるかを競おうというわけさ。僕はきみを自由にできる間、きみの真実をドレスの中に隠しているこの悪《あ》しき紐《ひも》を解かせてもらう」

その提案に、クリスは目を見開いた。慌《あわ》てているうちに、本当にクリスの着ているドレスの胸元のリボンに、ジュリアスの指がかけられる。

「い、いけません、それはっ……！　そ、そんな遊戯、やるわけがないでしょう」

「困ったきみの顔も悪くないな。……けど、ダメだ。断るのは許さない」

「！」

「それじゃ、僕が先に質問させてもらうよ。クリスティアナ」

「そ、そんな……。待ってください、ジュリアス様！」

「待てない。今、きみのすべてが知りたいんだ。きみが僕と——いや、僕らとそうまでして結婚したくない理由はなに？」

睦言《むつごと》でも口にするかのように蕩けるような甘さで、ジュリアスがクリスの耳朶《じだ》にそう訊《き》いてくる。一瞬、クリスは考えてしまった。その隙に、ドレスのリボンがジュリアスの指にするすると絡《から》め取られていく。

「っ……！」

「いいんだよ？　答えたくなければ、黙っていても。僕としては、このままきみが沈黙を貫いてくれるのが、一番好ましい展開だ」

「あっ……！　ま、待ってください。今、答えますからっ……。わ、わたくしが、結婚をしたくないのは……。と、殿方に興味がないからです」

「へえ、そうなの？」

「その前に指を止めて。わたくしは答えました」

クリスがそう言うと、ジュリアスはリボンから手を離し、両手を広げてみせた。ちょっとホッとして、クリスはこう続けた。

「わ……、わたくしは、骨董姫《ミス・アンタッチャブル》――と、それはまあ、言い得て妙な通り名をいただいております。まあ、わたくしの現状を目にすれば当然ですわね。わたくし、あまりに貰《もら》い手が現れないうちに恋を忘れた姫だとか、女じゃなくなる呪《のろ》いを悪い魔女にかけられたなんて言われておりますのよ」

「ああ、そうだったかな」

「わざとらしくとぼけなくても結構ですわ。用意周到だと噂《うわさ》のあなた様のことですもの。存分

にわたくしのことはお調べなさったんでしょう」

クリスがそう言うと、視線の外でジュリアスの笑う声が聞こえた。当然のことながら、肯定《こうてい》の意である。

「愛する人のことを知りたいと思うのは、罪なことかな？　もちろんきみのことは外部に漏《も》れていることとならなんでも知っている。これから、今知らないこともすべて教えてもらうつもりだ。きみに恋を忘れる悪い魔法をかけられたというのなら、王子のキスでそれが解けるというのもありそうな話だとは思わない？」

ジュリアスの繊細《せんさい》な指が、クリスの頰を撫《な》で下り、顎先《あご》を掬《すく》い上げる。

「そ……、それは、質問ですか？　今度は、わたくしの番のはずですが」

「うん、そうだね。だから、これは質問じゃなくて未知への挑戦だ。些細《ささい》な気まぐれでもかまわない。きみを愛する哀《あわ》れな男とキスをしてみたら、案外その頑《かたく》なな心も蕩けて、男に興味を持てるかもしれないよ」

「っ……」

この遊戯、どう考えてもクリスに分が悪い。だって、この水晶宮の支配者は、ジュリアスなのだ。なのに、遊戯から降りることは許されない。逃げ道は完全に塞《ふさ》がれている。

クリスがおそるおそる見返すと、ジュリアスの瞳がクリスの瞳を間近でじっと見つめていた。

王家の血筋の為《な》す魔法であろうか。アイス・ブルーの冷たい瞳に、まるで吸い込まれてしまいそうだった。その視線は、本当に心からクリスを愛しているかのように思えた。

けれど、当然のことながら、そんなことはあり得ない。

古代の魔力に守護された華麗なる千年王国——などとのたまってはいるが、前半五百年は創《そう》世《せい》の神々による神話で形成された水増し国史だったりする。まあそれはともかく——王家の血を引く貴族ならば、程度の差はあれど、きっとこの感覚を共有する。たとえ天が落ち、地が崩《くず》れようとも、この魔力の不思議な加護がある限り、国を支えるという使命から完全に逃れて生きることはできない。王子ならば、なおさらである。

「……」

クリスは、しばし黙りこくって、ジュリアスの瞳を見つめた。

……クリスがあと十五年も若ければ、流され、ほだされたかもしれない。だが、今のクリスは、骨董姫として男とは一切無縁である人生の裏道の真《ま》っ只中《ただなか》を堂々ひた走る生き方が骨身に染みついている。

アイス・ブルーの冷たい瞳の中に色濃く王家の血流を見つけ、クリスは避けるようにジュリアスの頬に揃えた指先を置いた。

「……そんな風に、あなた様の未知であるわたくしに挑まれても困りますわ。これは、あなた様からの麗しの仮面夫婦へのお誘いということなのでしょうけれど」

「きみがぼくらの結婚をそう表現したいのなら、それでもいいさ。ただし、ベッドを共にしないという約束はできないが」

そう微笑《ほほえ》みながら、ジュリアスは首元を飾っている自分の白いタイを緩《ゆる》めていく。色香に満ちたジュリアスの鎖骨《さこつ》が露《あらわ》になり、クリスは、思わず顔を背《そむ》けた。

「……じ、実にあなた様らしい口説き文句ですこと。でも、そうご配慮いただかなくてもかまいませんことよ。あなた様が王位を蹴《け》るための道具に使うわたくしを哀れんで、せめて愛してやろうなどと思われても、却《かえ》って迷惑です」

「……」

ジュリアスは、黙っていた。けれど、彼がかすかに息を呑《の》んだのがわかった。

今の指摘は、図星であったようだ。驚いた様子のまま、ジュリアスは口を開いた。

「クリスティアナ。……きみは、本当に手厳しい人だね」

「お褒《ほ》めの言葉と受け取っておきますわ。――でも、どうやら、わたくしとジュリアス様は正反対の人間のようですわね。ジュリアス様は恋がお好きで、わたくしは恋に興味がございませんもの」

この言葉に、嘘はない。だからクリスは、恋よりも男よりもなによりも、あらゆるものから自分が自由であるためにプルーリオン公爵《こうしやく》家を利用することを選んだのだ。

「……きみは、思っていたよりずっとずっと賢《かしこ》い人だ。この僕にそんな口をきいた女性は――いや、男を含めてもだな。この僕がこれほど誘惑しても思い通りにならない人間は、きみが初めてだよ」

「か弱い女が自分を守るためには、このつたない頭脳を駆使《くし》するほかありませんもの」

と言っても、こんなに真剣に思考を巡らせるのは久方振りのことだが。

クリスは、自分が自由であるためならば、命を懸ける。骨董姫の運命を決めたあの七日間のうちに、そう決めたのだ。だから、クリスはこう言った。

「……嘘は時に、悲しく美しいものですわね。あなた様がなぜそうも麗しい嘘を口にするのか、少しわかってきた気がいたしますわ。もっと奔放《ほんぽう》な方だとばかり思っておりましたけれど、ジュリアス様は案外気苦労の多い方なのですね。あなた様には、足枷《かせ》と鎖《くさり》がついています。この華麗なる千年王国プリ・ティス・フォティアス王国王家をどのような犠牲《ぎせい》を払っても守るという、足枷と鎖が……」

クリスは、少し前に両親から耳にしていた千年王国を取り巻く諸国の情報を思い出していた。情報。そうだ、情報には宝石よりも価値がある。このプリ・ティス・フォティアス王国を二分する王子たちの人間性と目的《アンタッチャブル》、その理由、そしてそれらが生まれた背景。そのすべてを知ることは、きっとクリスの骨董品な人生を守る大きな武器になる。

脳裏《のうり》で思考を物凄《ものすご》い速度で巡らせながら、クリスはこう続けた。

「――今度は、わたくしが質問させていただきますわ。ジュリアス様。……あなた様ほどの王子が、かの弟君に王位を押しつけんとしているんですもの。諸外国に不穏な動きが現れ始め、我が華麗なる千年王国プリ・ティス・フォティアス王国への侵攻の兆《きざ》しが見えているのですね？　さあ、どうぞお答えください」

クリスはそう言うと、間髪《かんはつ》を容れずにジュリアスの首元に手を伸ばした。

「おっと……。意外と積極的なんだね、きみは」

「ええ、そうなんですの」

クリスは、こともなげにそう答えてから、緩められたジュリアスのタイを、きっちりと結び直していった。首が絞まるほどにきつくタイを絞め上げてやると、ジュリアスが苦笑した。

「手ずからの衣装直しありがとう、愛しい人。……さて、質問の答えだが。それは、まあ、きみの察した通りだよ。ここまできみに悟られてしまったんだ。賢いきみなら、当然そう推理するだろうね。でも……、きみという手強《てごわ》い女性に対して好意を抱いているというのも本当だよ。そこは疑わないでほしいな」

そう言ってから、ジュリアスがふいに、クリスの瞳をじっと見つめた。

「……今度の質問は僕だったね。それでは、訊《き》かせてもらうよ。我が華麗なる千年王国プリ・ティス・フォティアス王国の比類なき一粒真珠《しんじゅ》とまで呼ばれていたきみが、なぜおそらく当時そうしようと思っていたままに、相応《ふさわ》しい誰かと結婚をしなかったのか……？」

「……」

……今度は、クリスが息を呑む番だった。

すでにたっぷりと緩んでいるドレスの紐に、またジュリアスの指が伸びてくる。けれども、ジュリアスはさっきのようにすぐに解きはせず、それを指先で弄《もてあそ》んでいる。

それだというのに、クリスは、言葉に詰まってしまっていた。

「ジュリアス様……、わたくしは……」

「……いや、言わなくてもいい。今のは、少し狡《ずる》かった。きみの代わりに、僕が答えを言おう。ずっと不思議ではあったんだが、今きみと初めてちゃんと話をしてみて、確信した。そう……。なるほど、きみが結婚することによって得られる利益はもちろん大きいだろう。が、しかし、きみが結婚をせずして得られる利益はもっと大きい。プルーリオン公爵家を、血を流さずに滅亡させることができるのだから。きみは、この華麗なる千年王国プリ・ティス・フォティアス王国の戦禍《せんか》の種となり続けてきたプルーリオン公爵家に止《とど》めを刺すために、今の人生を選んだんだね？」

ジュリアスの指摘に、クリスは肩をすくめて、努めて軽い風《ふう》を装《よそお》ってこう答えた。

「……そんなに美しく表現しないでくださいませ。わたくしは、わたくしが自由であるために生きているだけですわ。誰にもわたくしの生き方を縛らせたりはいたしません」

「そうか……、実にきみらしい答えだな。けれど、そう簡単でもあるまい……。……だが、クリスティアナ。足枷と鎖というのなら、きみだって同じ穴の狢《むじな》だろう。きみの足にも見えるよ。僕の足についているのと同じものが」

「仰《おお》せの通りですわ。けれど、わたくしの鎖はあなた様方のより少々長いんですの。無限と称しても差し支えない程度のゆとりはございますわ」

クリスがこともなくそう言うと、ジュリアスは虚《きょ》を衝《つ》かれたように目を丸くした。そして、ぷっと笑い出す。

「……なるほど。確かにそのようだね。きみの鎖がもう少し短ければ、とっくに自分の生き方を変え、僕のキスを受け入れて結婚しているはずだ。けれど、きみはそうはしなかった。……きみは本当に面白い女性だ。きみと僕とは確かに正反対だ。きみは、僕にないものをすべて持っているようだね……」

口元に手を当て、ジュリアスは屈託ない表情でくすくすと笑っている。どうやら、本当にクリスのことを面白いと思っているようだった。

その心から楽しげな裏表を感じない笑い方に、クリスはちょっと肩の力を抜いた。探り合いの駆け引きはもうおしまいだ。お互いに、知るべきことはもうわかった。そう思った。

想像していた以上にこのジュリアスは、複雑な立場に置かれている。今の言動とあの弟王子との息の揃い方から察するに、犬猿《けんえん》と呼ばれる双子王子の仲は実際のところ、そう悪くないのだろう。しかし、なにか特別な事情があって表立って仲良くすることができないに違いない。

クリスは瞼《まぶた》を閉じて、初めて目にした頃の二人の王子の姿を脳裏に思い描いた。

――すると、クリスの内心を察したのだろうか。しばしの沈黙を破って、ジュリアスが意を決したようにこう切り出してきた。

「……ねえ、クリスティアナ、よく聞いて。弟は少々気難しく不器用なところもあるが、とても優秀だ。奴《やつ》こそが王の器なんだよ」

「それは、ジュリアス様も同じでしょう」

クリスがそう呟くと、ジュリアスは微笑んだまま首を振った。

「いや、そんなことはないんだ。誰にも言ったことがなかったけど、きみに初めて打ち明けよう。……僕はね、自分自身が怖いんだ。この瞳を見た者はみな、惑乱したかのように僕を愛し、僕の寵《ちょう》を乞《こ》おうとするようになるから……。誰でも、……生母であっても、そうだった」

「……」

ジュリアスが、息を詰めてクリスを見つめている。

今は亡き双子王子の母である王妃は、兄王子であるジュリアスを異常なほど愛していたという。その愛は、息子に対するものを超えて、恋人のような――いや、神を崇《あが》め称《たた》えるようなものですらあったらしい。

「彼女は特に僕の冷たい瞳の色を愛していた。そして、炎を忌避《きひ》し、父と弟を憎悪《ぞうお》して……。……そうすることで、僕への愛を僕に示し、僕の瞳に熱を宿そうと必死だった。最初は僕の中に愛のない父上を見ているのかなと思っていたんだけど、実際のところはどうだったかな。僕は、母が病で死んだ時、悲しむよりも先に安堵《あんど》したんだ。この手で殺さずに済んでよかった、と……。神に愛されたなどと称されるが、それは誰もが僕の真実の姿を知らないからだ。弟は優しいが、僕は誰よりも冷血で残酷な男だ。……が、誰もそのことには気づかない。この冷たい瞳に光がある限り」

「それは……、まあ……」

ようやくジュリアスの本音を一部聞けたというのに、クリスは言葉を失ってしまった。なるほど、だから彼はこんなにも自分の真実を隠すのか。それがどれだけの人間の運命をくるわせるのか、……わからないから。

クリスは、ジュリアスに少々同情的になった。だから、つい首を振ってこう言った。

「……でも……、あたし、あなたの瞳は見た目ほどには冷たくないと思いますよ。今だって、ともにこの世に生を享《う》けた弟君のみならず、あたしみたいなろくに知らない女にも温情を与えて愛してくださろうとしたではありませんか。あなたの瞳は、あなたが思うより温かいです。……まあ、美しいことは認めますけど」

こんなことは、誰からでも言われているだろう。そう思って、クリスはこう続けた。

「あまりに美しいというのもまた、苦労が尽きないものですわね。あなたを悩ませる複雑な事情についてはよく理解しましたわ。あたしもこう見えて、この華麗なる千年王国プリ・ティス・フォティアス王国の公爵令嬢ですもの。微力ながら、哀れなあなたにお力添えできることがあればなんなりとお申しつけくださいませ」

クリスがそう進言すると、ジュリアスは微笑むのをやめた。

そして、またクリスの瞳をじっと見つめ――。そのアイス・ブルーの瞳が、ふいに潤《うる》み始めた。

「……ジュリアス様？」

幻《まぼろし》でも見ているのではないかと、クリスは目を瞬《またた》いた。

柔らかな雫がその宝石よりも価値があるという瞳からぽとりと落ち、頰に美しい軌跡《きせき》を描いた。

「すまない。つい、嬉《うれ》しくて……。僕のことを、こんな風に理解してくれる人は、きみが初めてだから」

嬉しいというのに、とても悲しそうに、ジュリアスは眉間に手を当てて顔を伏《ふ》せた。クリスは、思わず慌てた。

「あの、お泣きになんてならないでください。ジュリアス様がお心を開きさえすれば、あなた様を理解しようという方はいくらでもいると思います。だから……」

だから——涙は別で流して他を当たってくれと言おうと、クリスはジュリアスのそばに近寄った。

「理解しようとしたって、僕みたいな心にいくつも秘密の部屋を隠し持っているような男を、そう簡単に理解できるものじゃないさ。そんなものは最初から諦《あきら》めているし、僕にとってそんなことはどうでもいいんだ。もし誰かに理解されることが本当にあったとしたら、きっと軽蔑《けいべつ》されるだけだと思ってたしね。……でも、きみは……」

震えるようなジュリアスの声に、気がつけば、クリスはその涙の伝う頬に手を伸ばしていた。

彼の頬を流れる涙があまりに美しかったから、その魔力に引き込まれてしまったのだろうか。

つい、クリスはジュリアスの伏せられた顔を覗《のぞ》き込んだ。

その途端、クリスは目を見開いた。

「っ！」

伏せた顔の下で、なんとジュリアスは、笑っていたのだ。

（う、嘘泣き……？）

まんまと罠《わな》にかかって彼の顔を覗き込んでしまったクリスと、ジュリアスの瞳が絡み合う。

その瞬間、ジュリアスは、アイス・ブルーの瞳をキラリと輝かせた。まるで、悪戯《いたずら》な猫のようなその光に、クリスは一瞬目を奪われた。

そんな場合ではないというのに、クリスは思った。

この目的のためならいかなる手段をも執《と》る、小気味いいほどの利己主義、嫌いではない――と。

クリスは、今やっと本当にこのジュリアスという男を理解できたと思った。クリスとジュリアスには、正反対なところも確かにある。けれど、どこかで二人は決定的な同類なのであった。

――仲間を見つけた。

あるいは、この世に稀《まれ》なる共犯者を探し当てた。

それとも、世界の裏側にある秘密の暗号を読み解ける、数少ない同じ異能者を見つけた。

そのような不可思議な結びつきと悦《よろこ》びと感動を共有し、クリスとジュリアスは深く見つめ合った。

「……」

「……」

二人は、同じ調べが奏でる不思議な共感《シンパシー》の中に魂《たましい》を置いていた。それを証明するように、ジュリアスは嘘泣きの種明かしをクリスにしてみせたのだ。ジュリアスの本当の表情を、クリスは初めて見た気がした。示し合わせでもしたように――、クリスのドレスを締めている紐で互いの手を結び合わせるようにして、二人はしばし指先を絡ませ合った。

クリスとジュリアスは、互いに狡猾《こうかつ》で、そして嘘つきでもあった。賢いことも嘘も、時に人を欺《あざむ》く罪深きものだと罵られる。しかし、二人ともそうと感じたことは一度もない。そのことが、二人には同時にわかった。

　真実よりも魅力のある嘘も、それを紡《つむ》ぐ狡猾さも、その利己主義ですらも、二人は心から愛している。クリスとジュリアス――この二人だけの心に、そのことが深く沁《し》み入っていった。

　クリスとジュリアスの瞳の中には、絡み合う互いの指先がはっきりと映り込んでいた。


　まるで指先で会話しているかのような時間が、水晶宮の中を密やかにすぎていった。

　小さく息を吐いて先に顔を上げたのは、ジュリアスであった。ジュリアスは、クリスの柔らかな白い頬に長い指を這《は》わせた。

「ふっ、ふふ……。きみは優しい人だね。優しくて意地悪だ。その可愛らしい唇《くちびる》で、この僕に力添えがしたいだなんて言うなんて」

「あ、あの……」

「僕の望みは、さっきから幾度《いくど》となく口にしているはずなんだけどな。……きみは、あんな武骨な男に譲るには惜《お》しすぎる魅力的な人だ。僕は、本気できみという女が欲しくなった。クリスティアナ。きみはとても強く、賢く、優しく、稀有《けう》な――それでいて可愛い人だ。この僕を言葉ごときで煙《けむ》に巻けるだなんて思っているそのあどけなさもまた、愛らしい」

「……！」

クリスは、はっと我に返った。神に愛された王子の至高なる利己主義に舌を巻いている場合などではなかった。

けれど、すぐにもジュリアスが、笑いながらつないでいたクリスの手を引っ張った。――ドレスの紐ごと。

あっという間に、クリスはジュリアスの胸の中へと引き寄せられた。……それも、ドレスの前が完全に緩み、クリスの胸元が露になった状態で。

「あっ……」

息を呑んでいるうちに、クリスを包むドレスは半《なか》ば落ちかけている状態になってしまった。

クリスは、急いでドレスを押さえた。

「やっ……！」

「へえ……。こういう時、きみはそんな可愛い声を上げるんだね」

「ダ、ダメです、ジュリアス様……！」

「ダメじゃない。ダメなことなんてなにもないさ。……足枷と鎖か。実にいい喩《たと》えだ。それでは僕は、氷炎神鳥の御名《みな》の下に正式にきみに求婚するとしよう。僕と結婚し、このまま僕のものになれ、クリスティアナ。――さあ、きみを縛る鎖が無限だというのなら、王子であるこの僕が本気で望むことから逃げてごらん。きみの中に流れている、この華麗なる千年王国プリ・ティス・フォティアス王国王家の血の支配を振り払って……」

腰を強く抱かれ、吐息がかかる距離にまで、ジュリアスの美しい顔が迫ってくる。クリスは、声を失ったまま固まった。その間にも、ジュリアスの手の侵攻は続いているというのに、逃げようにも、動悸《どうき》の激しさに体の末端がビリビリしびれて力が入らない。

長年の運動不足のせいか、年齢のせいか、はたまた、まさか、本当に王家の血がクリスの体内で……。

「怖がらなくても大丈夫だよ。きみが見抜いた通り、僕はたぶん、好きな人に対してはそう冷たい男じゃないんじゃないかと思う。女を好きになったことが今までなかったから保証はないけど、まあそうなんじゃないかな。ねえ、クリスティアナ」

唇が合わさる寸前に、どこか他人事《ひとごと》のように、ジュリアスがそんな恐ろしい台詞を吐いた。

だが、その時であった。

水晶宮の扉がふいに、バタンと大きく音を立てて開いた。

「——さあ、兄上。そこまでです。そろそろ俺の時間ですよ。交代願います」

悪魔に魅入られた王子にしてジュリアスの双子の弟——、グランヴィルが現れたのだった。

渋るジュリアスから強引に引き離されたクリスは、急いでドレスを直した。そして、そのまま、クリスはグランヴィルとその黒い従者たちによって強制連行されることとなった。十字回《かい》廊《ろう》を歩くクリスを、控えている女官や官吏《かんり》たちの刺さるような視線が追う。

それを見たステファニーが、目を輝かせた。

（大変っ！　どうやら、クリスお嬢様はお二人の王子様をたぶらかす稀代《きだい》の悪女という扱いになっているようですね!?　いよっ、朝敵《ちょうてき》！　いよっ、国賊《こくぞく》っ!!　――ああ、なんて哀れで面白い展開なんでしょう。クリスお嬢様ったら、悪役がとってもお似合いでしてよ。しかも、最も重要な悪役は大概《たいがい》が容貌においても優れているもの。容貌がちょっぴり残念なクリスお嬢様は、悪者としてもちょい役のパターンですわね！　序盤以降登場がなくなり、存在を忘れ去られる系統の……）

ステファニーが嬉々《きき》とした解説をそう耳打ちしてきたが、まさにその通りである。クリスを見つめる氷炎王城の者たちの目は、『視線で人を殺せたら』とばかりに憎悪に満ちてこちらに注《そそ》がれている。

水を得た魚のように瞳を輝かせている侍女に、クリスはまったき無になった。先ほどジュリアスが吐いた恐ろしい台詞の余韻《よいん》が、まだ耳に残っている。もしかして……と不安になったが、しかし、まさかあの色好みの王子に限ってそんなはずはあるまい。不安を振り払って、クリスは侍女に小さな声で答えた。

（……わかってるから、みなまで言わないで。序盤以降の登場をどうなくそうか、今必死に考えてるんだから）

クリスが連れてこられたのは、グランヴィルが支配する氷炎王城北に位置する右翼の居館、紅玉宮《こうぎょくきゅう》であった。

グランヴィルの居館である紅玉宮では、内部に炎が燃えるような美しい宝石が無数に輝いていた。宮殿の名を冠する紅玉《ルビー》が最も多いが、柘榴石《ガーネット》、日長石《サンストーン》、火蛋白石《ファイア・オパール》、紅電気石《ルベライト》などのありとあらゆる真っ赤《まっか》な宝石が煌めいている。たった一種の宝石、クリスタルだけが輝く水晶宮とは対照的である。

真紅《しんく》の宝石たちをより美しく際立てるように、紅玉宮の至るところでキャンドルの炎がいくつもゆらゆらと揺れていた。

「……この紅玉宮を造成した流血王と呼ばれる男は、敵軍の将を斃《たお》すごとに彼らの流した血に似た輝きの宝珠《ほうじゅ》を飾ったのだという。興味があれば数えてみるといい。流血王が殺した敵将とまったく同じ数の石が見つかる」

長方形の細長い食卓《テーブル》に向かい合って座っている男は、今、目を伏せている。

悪魔に魅入られた王子――、グランヴィルだ。

あの色素が薄く隈の色濃く出る青白い皮膚《ひふ》が張る瞼の下には、この紅玉宮のどの宝石よりも赤く残酷に燃えるフレイム・レッドの瞳が隠れている。

グランヴィルが口にした流血王とは、プリ・ティス・フォティアス王国中興の祖の一人である。クリスは、次から次に差し出される血も滴るようなステーキと真っ赤な葡萄《ぶどう》酒を上品に臓腑《ぞうふ》に収めながら肩をすくめた。

「つまらないお話ですわね。わたくし、過去には興味がありませんの」

逆賊として氷炎王城の十字回廊を渡るうちに、クリスがこの求婚劇から存在を消して別の相応しい誰かに主役《ヒロイン》（健気《けなげ》で細身で若くて美人）を押しつける逃亡計画の方針は決まっていた。

あの神に愛された第一王子が骨董姫に求婚し、永遠の愛を捧《ささ》げてまでもこの第二王子に王位を譲りたいというのだ。——ならば、クリスが取るべき行動はひとつである。この漆黒《しっこく》の王子に、素直に王位を継ぐよう決心をさせればいいのだ。まるでプルーリオン公爵家がキングメーカーと呼ばれていた時代の真似事《まねごと》をしているようで気が進まないが、今は手段を選んでいる場合ではない。

「……流血王は功罪入り交じる偉業を成し、今も歴代の国王たちの中に肩を並べさせてよいのか議論の尽きないお方。求婚している女との初めての食事で口にするに相応しいお方ではないと存じますが」

クリスが皮肉を込めてそう言うと、背後に控えていた給仕《きゅうじ》の男がカッとしたように口を挟もうとした。

しかし、給仕がなにか言う前に、グランヴィルはそのフレイム・レッドの瞳を上げた。その途端、紅玉宮に満ちていた静寂《せいじゃく》がさらに研《と》ぎ澄《す》まされたような気がした。

「そうかもしれぬな。だが、俺のような男には、最も身近に感じられる王族だ」

「……」

グランヴィルの射抜くように鋭く光るその瞳を初めてそばで見て、覚悟を決めていたクリスでさえも少したじろいだ。けれども、ここで黙っては何者からも自由であろうと決めた骨董姫の名が廃《すた》る。クリスは、グランヴィルを見つめたまま続けた。

「その……、孤独さゆえ、でございますか」

「……なんだと?」

いつも厳しく皺の寄っているグランヴィルの眉間が、さらにひそめられた。給仕がまたも背後で激怒している気配が感じられたが、問題ない。当然のことながら、クリスはグランヴィルに心ゆくまで嫌われるため、彼に喧嘩《けんか》を売っているのだ。

「言葉通りでございます。ですが、口がすぎたとは思っておりませんわ。正直なところ、このような事態に巻き込まれて大変迷惑しておりますから。グランヴィル様、ジュリアス様にも申し上げましたが、わたくし、正直でない男は好きませんのよ」

クリスの言葉に、グランヴィルはすっと顔をしかめた。

「……」

そして、やがて目で合図をし、給仕や従者たちをすべて下がらせた。ステファニーの他には誰もいなくなるのを待って、クリスはこう続けた。

「グランヴィル様とジュリアス様が、複雑なご事情ゆえにわたくしを巻き込んでいることは重々承知いたしておりますわ。わたくしからしてみればはなはだ迷惑な話ですが、国難を前にしては、手段を選んでいられないということも理解しましょう。今わたくしをこの茶番劇から退場させていただければお許しいたしますから、お考えをあらためてくださいませんこと？」

「どういう意味だ」

「今は、あなた様がお心を決める時だと申し上げているのです。心置きなく兄君から王太子の地位をお譲りいただき、あなた様がこの華麗なる千年王国プリ・ティス・フォティアス王国王位をお継ぎになるべきです。そうすれば、わたくしのような女になど用はないでしょう」

「……」

今度黙ったのは、グランヴィルの方であった。

脚《あし》の長い織細なグラスに注がれた葡萄酒を飲み干し、クリスは思った。酒類の生産で公爵領の右に出る土地はないと思っていたが、神鳥《しんちょう》王都にも案外良い味が集まっていると。

グランヴィルは冷酷なほどに思慮《しりょ》深い男だが、それと決めたら行動は烈火《れっか》のごとくである。早々にクリスを置いて席を立ち、紅玉宮を出ていく。クリスはそう思っていた。

しかし――。

予想に反して、グランヴィルはまた目を伏せ、喉《のど》を鳴らして笑い出した。

「ふっ……、くっくっく……」

クリスは、思わず息を呑んだ。

（……え？　なんで、笑うの？）

何度も目を瞬いて、クリスはグランヴィルを見つめた。

悪魔に魅入られた王子が、その二つ名に似つかわしくなく笑ったことに驚いたからばかりではない。わずかたりとも似ていないジュリアスとグランヴィルだが、この笑い方だけはどこか通じるものがあると気がついたからだ。

「……なにがおかしいのです？」

「いや……。おまえはなかなかに賢い女だな。特に、臨機応変《りんきおうへん》なところがいい。配下に欲しいくらいだ。あの夜会で初めて逢った時は、まさかこれほどの女とは思わなかったが」

そのグランヴィルの言葉に、クリスは耳を疑った。

「え……？」

グランヴィルとは、これまで一度しか顔を合わせた——いや、目にしたことがない。

それは、クリスがサンセットカラーのシフォンドレスを着た、あの夜会の晩の一時である。

「わ……、わたくしを、覚えていらっしゃるのですか？」

驚いてクリスがそう訊くと、グランヴィルはこともなげにそれを肯定した。

「覚えているさ。おまえは、あの夜一番美しい女だった」

「では、今のわたくしの姿を見て、さぞガッカリしたのではございませんの？」

というか、ガッカリしていてくれ。という願いを込めて、クリスは申し訳なさそうな素振りをしてみた。

けれど、グランヴィルによってその願いはあっさり否定されてしまった。

「美しさになど、さほど興味はない。おまえはわずか十四歳のあの時すでに、自らの美貌と才覚のみで両親の不名誉な評判を巻き返しつつあった。社交界は、おまえをこの華麗なる千年王国プリ・ティス・フォティアス王国の比類なき一粒真珠とまで呼んで称え、その境遇《きょうぐう》に同情的ですらあったな。そして、それほどの名声を一人で築き上げたというのに、おまえはその後結婚を選ばなかった。……十四歳の時までのおまえの振る舞いを考えれば、それもまた単なる気まぐれではあるまい」

ぎょっとして、クリスは思わず黙り込んだ。しかし、グランヴィルは平然と続けた。

「まあ、答えなくてもいいさ。今までさして気にしたことはなかったが……、あらためて考えてみればわかりきっていることだからな。おまえは、常にこの華麗なる千年王国プリ・ティス・フォティアス王国の災禍《さいか》の中心であり続けた悪名高いプルーリオン公爵家を討ち果たすために、今の己《おのれ》を選んだのだろう？　面白い生き方ではあるが……、まさか、本当にあの兄上の色仕掛けを袖《そで》にできようとはな。——その態度から推察するに、兄上の求婚を断ってきたのだろう。おまえ」

「それは……」

違います。……とは言えずに、クリスは黙りこくった。

「兄上が本気で欲しいと思って手に入らない女など、初めて見た。……だが、俺は兄上とは違うぞ。女が相手だろうと、優しくしてやるつもりは微塵《みじん》もない」

グランヴィルは、音もなく立ち上がった。キャンドルの赤い光がグランヴィルの黒い姿だけを追うように煌めき、無数の影が大理石の床に落ちる。

彼はそのままクリスのそばまで歩み寄ると、空になったグラスに葡萄酒を手ずから注いでいった。とくとくと葡萄酒の注がれる音が響き、そこに冷酷な悪魔の誘惑が重なる。

「正直でない男は好かないと言ったな。だが、俺は兄上とは違って、女に嘘はつかない男だ。おまえの言う通り、確かに俺には愛がない。その代わりに俺と結婚すれば、おまえの願いはあらゆる手段を用いて叶《かな》えてやろう。なにが欲しい？　金ではあるまいな。なんでもねだってみるがいい」

「……」

「だが、断れば俺はおまえのすべてを奪う。おまえの大切にしているものもしていないものも、すべて紅蓮《ぐれん》の炎が焼き尽くすだろう。――手始めはそこの侍女だ」

一瞥《いちべつ》もくれずに、グランヴィルが『侍女を火炙《ひあぶ》りにする』と暗に脅す。ステファニーは猛烈な速さで影も残さず主を置いて逃げていった。

侍女の足音が完全に消えると、グランヴィルがこう言った。

「逃げ足の速い奴だな。たいした忠誠心だが、あれは男なのだろう。おまえの愛人か？」

クリスは、目を瞬いた。この男、ステファニーの正体を見抜いていたのか。恐ろしいほどの洞察力《どうさつりょく》である。まさに彼は、悪魔のような男だ。

それでもなんとか動揺を悟られまいと、クリスはすぐに肩をすくめてみせた。

「……まさか。あれは女です。少なくとも心はね。わたくしのたった一人の友人ですわ」

「友人か。……弱みを自ら晒《さら》すということは、降参の証《あかし》か？　俺と結婚する覚悟が決まったのか、クリスティアナ」

「いえ……。あれに限っては、友人ということを誰に知らせても、弱みにはなりません。あれは、わたくしよりもずっと強い女ですから」

「そうか。おまえは、やはり油断ならない女だな」

グランヴィルが、そう言う。その途端だった。ふいに、グランヴィルの逞《たくま》しい手が、クリスの胸元へと伸びてきた。

「な……っ、なにを……」

「そう焦《あせ》るな。さっき、この紐を兄上に取らせていただろう？　だが、この中にあるものを、兄上に献上《けんじょう》させるわけにはいかない。おまえは、俺のものだ」

そう言うと、グランヴィルは、先ほどジュリアスが緩めた紐を、一気にクリスのドレスから引き抜いた。

「っ……！」

クリスは、悲鳴を上げることもできなかった。また落ちそうになってしまったドレスを必死にかき合わせているクリスの両手を、グランヴィルの大きな手が覆《おお》う。

「さすがにおまえのような女でも、こういうことには動揺するのだな」

「……だ、だって！　あ、あなた様の申し出は、わたくしと愛なき仮面夫婦になりたいというものでしょう。なぜわたくしにこんなことをするのですっ!?」

クリスが必死に抗議すると、ドレスの前を抱いている両手首を、今奪われた紐で縛り上げられてしまった。

「わからないか？　おまえを俺から逃がさないためだ」

「！」

「おまえは誰にも渡さん。たとえ、あの兄上であっても」

そう言うと、グランヴィルはクリスの両手を軽々と持ち上げ、椅子《いす》の背に自分の手で固定してしまった。そして、もう一方の手で自分が注いだ葡萄酒のグラスを取り上げ、クリスの唇につけた。

「この酒を飲め、クリスティアナ。……そうすれば、おまえの心も決まるさ」

「……っ！」

しっかりと両手首を捕まえられ、クリスは唇を噛み締めた。もう、グランヴィルの冷ややかな顔が間近に迫っている。この赤い瞳からは、逃れられそうになかった。

こうなったら、自棄《やけ》である。クリスはおもむろに唇を開き、グランヴィルに差し出された葡萄酒を言われるがままにぐっと飲み干した。葡萄酒には、先ほどまでとは違う、喉を焼くような熱さが宿っている気がした。

「……グランヴィル様、どうぞお聞かせください。奔放な兄君にいつもたった一人痛烈な苦言を呈《てい》していたあなた様が、なぜそうまでして王位を固辞《こじ》するのです？　この華麗なる千年王国プリ・ティス・フォティアス王国には今、国外から侵略の手が迫ろうとしているのでしょう。あなた様のような将としても優れているお方こそが、このような時の次の御世を護るに相応しいとはお思いにならないのですか」

「このような時だからさ。秩序《ちつじょ》をくるわせれば、必ず国が乱れる。諸国もこの華麗なる千年王国プリ・ティス・フォティアス王国に潜在《せんざい》する反乱分子も、その隙を常に窺《うかが》っているのだ。無論、第一王子だからというだけではない。兄上が過去のどの王よりも王位に相応しいお方であることは、この世の誰よりも俺がよく知っている。俺という男はただ、兄上を王位に就《つ》ける使命を果たす王子という容《い》れ物にすぎない」

「……なるほど」

クリスの喉から、やっとのことでそれだけ言葉が出てきた。

（あたしとしたことが、見誤ったかしら……）

宝石より貴重な情報をジュリアスから読み取り、その双子の弟王子であるグランヴィルをも理解できたような気になっていた。グランヴィルという男を知ることは、きっとこの求婚劇から永遠に逃れ、差し出されたガラスの靴《くつ》をたたき割る方策を捻《ひね》り出す助けになる。そう思って全力で頭を巡らせながら勝負の一手を打ったのに、見事に裏目に出た。

質実剛健《しつじつごうけん》と噂のグランヴィルの方が組し易《やす》しと見たが、素直に王位に就けと説得するならば、やはりジュリアスの方だったかもしれない。

……いや、ダメだ。ジュリアスもまた、弟に王位を継がせると頑なに心を決めているようだった。まさに、八方塞がりである。

愚直なほどに一途《いちず》な心を持つグランヴィルに、どうしようかと打開策も思い浮かばないまま、ふとクリスは同情的にこう呟いていた。

「わたくしとグランヴィル様は……、正反対の人間のようですわね。グランヴィル様は生まれ持った使命のためにそのお命を捧げる覚悟をお決めで、わたくしは己のために自由に生きる決意を固めています。あなた様という人は、とてもお優しいお方なのですね。兄上を王位に就けるためだけに、悪魔に魅入られたなどと評されるほどに冷徹に振る舞い、この平和な華麗なる千年王国プリ・ティス・フォティアス王国で最も忌避される血なまぐさい反逆者たちの平定を自ら指揮《しき》し……。さぞご苦労も多かったことでしょう。純粋で誠実で、とても心優しい忠誠心です」

「なんだと……？」

「けれど……、あまりに不自由な生き方ですわ。兄君をそこまで尊敬し、愛しているのに、それを表現することすら許されないなんて。あなた様は、まわりの者たちのことを考えすぎているのです。もう少しご自分の心のままに自由になってもよろしいのではないでしょうか」

もう、半ば自棄であった。

双子王子には、してやられた。

人生の裏街道の真っ只中を堂々ひた走る骨董姫ともあろう者が、敗北寸前である。まったくもって、前代未聞のゆゆしき事態である。これでは、生涯《しょうがい》の愛を誓った公爵領特産の麦酒《ビール》に面目が立たない。（と言っても、もちろん他の酒に浮気はするのだが）

なんとしても事態を挽回《ばんかい》したいが、今は酔いのせいもあってか、頭がまわらない。そういえば双子王子に捕まってからまともに眠っていないから、そのせいで調子が出ないのだろうか。

とにかく、食べて飲んでぐうたらして、気力体力の回復を待ちたい。

（……そして早く、公爵城の塔のてっぺんのあの居心地のいい部屋に戻りたい……）

クリスは、切にそう願った。

長々と考え込んでいたクリスだが、とりあえず今は好きなことをしようとまずは思った。だから、肩をすくめ、クリスはグランヴィルにこう言った。

「手、放してくださる？　逃げませんから」

「……」

しばらく黙っていたが、やがて、グランヴィルはそっとクリスの両手を解放した。しかし、その手を縛っている紐の方は解いてはくれなかった。

仕方なく、クリスは両手を縛られたまま、器用な手つきで目の前の皿に乗っている給仕が置いていった最後のステーキを食した。美味《おい》しい。悔しいほど、美味しい。

やっぱりに肉には重めの赤が合う。なんてことを自棄気味に思いながら、王子の手ずから葡萄酒の追加が注がれるのを待っていると、グランヴィルがまた笑い出した。

「ふっ……、ふふ……」

「？」

なにが可笑《おか》しいのかと顔を上げると、グランヴィルがクリスを見てこう呟いた。

「まるで豚《ぶた》だな」

「あらまあ。ハッキリ言ってくれますこと。あなた様は本当に正直ですのね」

良い具合にまわってきた葡萄酒に、思わずクリスは吹き出して笑った。いくらクリス相手でも、まっすぐ目を見つめて『豚』と言ってくるような人間はそうはいない。

けれど、そんな場合ではないというのに、クリスは思った。

疑心に満ちた欺瞞《ぎまん》で繕《つくろ》うことを潔《いさぎよ》しとしない、こういう小気味良い正直さは嫌いではない——と。

すると、わずかに首を振ってグランヴィルがこう続けた。

「いや……。おまえはずいぶん旨《うま》そうに食うのだなと思ってな。なんだか、久しぶりに懐かしいものを思い出した」

「懐かしいもの、ですか……？」

「ああ。幼い頃、仔豚を飼っていたのだ。ころころ太って、よく食って、愛らしい奴だった……」

「仔豚……」

この手の喩えを、失礼だなんだと思うクリスではない。

だが、仔豚とは。愛玩動物《ペット》としては、変わり種である。

悪魔に魅入られた漆黒の幼い少年王子が大食漢の豚にせっせと餌《えさ》を与えているさまは、想像力に富んでいる方のクリスにもなかなか想像ができない。

「その仔豚は、今も飼われているのですか？」

存命ならば、立派な親豚であろう。王子の飼い豚というからには、栄養状態もいいだろうから、良い具合に脂《あぶら》が乗っているに違いない。直火でじゅうじゅうよく焼いて食べたらさぞ旨いだろう。

しかし、グランヴィルは首を振った。

「いや……。俺が殺して料理し、食卓に並べて自ら食った。母の命令でな……、八歳の時だったかな」

「……それは、なんとまあ……」

豚と見れば生きていようが垂涎《すいぜん》すべき食肉としか思えないクリスも、さすがに言葉を失った。

麗しき双子王子の亡き生母は、おかしな女であった。彼女は、兄王子を異常なほどに溺愛《できあい》し、弟王子を尋常《じんじょう》でないほどに憎悪した。故王妃は人格と品格に多大なる問題を有し、それゆえに氷炎王城が二分される権力争いの発端となってしまった。二人の美しい双子王子をその御輿《みこし》として。そして、その悲しい権力闘争は今も尾を引き、いつ幕が下りるのか杳《よう》と知れない。

黙り込んだクリスに、グランヴィルは肩をすくめた。

「まあ、あの天使のように美しい兄上が心停止状態で生まれてきて、その後すぐに生死の境《さかい》を彷徨《さまよ》っている兄から引き離された母の、その命を縮めて次にこの世に出てきたのが俺のような悪魔に似た男であったら、俺を憎むのも無理はないさ。俺も兄上が好きだ。だから、母の気持ちは理解できる」

「わたくしにはちっとも理解できませんけれど。……あなた様も、世にも稀なるとても美しい王子でしてよ」

「なに？」

美しさにさほど興味がないというグランヴィルに気を抜いて、毒にも薬にもならないと思われる個人の感想を正直にクリスは口にした。

「特にその真っ赤な瞳が綺麗《きれい》です。そう卑下《ひげ》するものではございませんわ。悲しいことは飲んで忘れましょう。どう悲しんだって、過去は岩。変えることはできません。王家の血を引く者として、長い長い千年もの歴史を持つ我が華麗なる千年王国プリ・ティス・フォティアス王国全史を暗記したあの苦労に比べたら、この世のどんなことでも、そうたいしたことではないに違いありませんわ。そう思いませんこと？　グランヴィル様」

そう言って、クリスは空になったグラスに、グランヴィルから奪うように取った葡萄酒を注いだ。グランヴィルの視線もはばからずにぐいぐい喉を鳴らして飲むと、さすがに天井が揺れてきた。

「両手を縛られているというのに、器用な奴だな」

「こんなものでは、このわたくしを縛ることはできません」

どんどんクリスの唇に吸い込まれていく葡萄酒の赤を眺《なが》めていたフレイム・レッドの瞳が、ふいにすっと細められた。

「なるほどな……。おまえを水晶宮から連れ去る時、兄上がああも不快な顔をした理由がようやくわかった。おまえは本当に面白い女だ。クリスティアナ」

「まあ、母と違って喜劇に配役するに適した人材であることは認めます。わたくし、面白可笑しく笑って死ぬことを目標に生きておりますのよ」

飄々《ひょうひょう》とした顔でクリスがそう首肯すると、グランヴィルはまた笑った。その表情があまりに自由で無邪気で、クリスは目を奪われた。

（この人……、こんな表情もするんだ……）

悪魔に魅入られた王子と呼ばれ続けたグランヴィルが、一時少年に戻ったかのようにクリスには思えた。こんな優しい笑顔を、ずっとグランヴィルは隠して生きていたのだ。

「あの、その顔の方がいいですよ。グランヴィル様。今までの眉間に皺を寄せた怖い顔より、ずっといいです」

悪魔に魅入られた王子のかけた魔法に操られてしまったのだろうか。葡萄酒にふやけた頭で思わずそう言うと、グランヴィルはクリスの髪を撫でて、ふとこう呟いた。

「飼っていたあの仔豚も、成長していればこんな姿になったのかな。なあ……、クリスティアナ。俺におまえを抱かせてくれないか？」

「え？　あたしを、ですか？　かまいませんけれど……」

この十云年《うんねん》かけて作り上げたぽっちゃりした体なら、確かに抱き心地は豚とよく似ているだろう。ついでに、常日頃食している餌の質も亡き仔豚と同等に良いはずだ。

そう思ってクリスがこくこく頷くと、グランヴィルは楽しそうに笑った。

「そうか。おまえは可愛い奴だな」

そう言うなり、グランヴィルはクリスのたっぷり肉の詰まった体をひょいと抱き上げた。心から愛しているものを抱くような、慈しみと優しさを込めて。

（わあ……。空飛んでるみたい）

その証拠に、クリスの大根足がぷらぷら宙に浮いている。

けれど、その拍子に、葡萄酒の満ちたガラス製の透き通ったグラスがいつの間にか手から落ち、大理石の床にぶつかって細かな破片となって散った。

——不吉なその音に、クリスは宙に浮きながら、違和感を抱いた。なにか重大な見落としをしているようないないような……。

「柔らかで温かで、極上の抱き心地だ。ますますおまえを気に入った」

でも、そう響くグランヴィルの声は、優しく思いやりに満ちている。クリスを抱き上げたグランヴィルは、少し離れた場所にある長椅子《ソファ》に雪崩《なだ》れ込むようにして、クリスの上に折り重なった。柔らかな毛足がうなじに触れ、ぞくりと肌が震える。長椅子のふかふかとしたクッションがクリスたちの体を受け止めていた。

「配下に欲しいと言ったが、花嫁にする女を称するにはあまりに無粋《ぶすい》であったな。訂正する。おまえを俺の愛玩動物《ペット》にして永遠にこの紅玉宮で飼いたくなった。——兄上にも、誰にも渡さない」

「え……!?」

　思わぬ急展開に、クリスは思わず目を見開いた。さっきまで腹を割って無意味な打ち明け話をしていたと思っていたのに、突然またクリスは迫られ出している。いつから、潮目が変わったのだろうか。クリスは、悲鳴のような声を上げた。

「ええっ……!?　ななな、なにを急に……」

「そう驚くな。先ほど俺におまえを抱く許可を与えたのは、他ならぬおまえ自身だぞ。それに、おまえは俺の生き方を不自由だと言ったが、それは違う。俺はいつも、俺の生き方を自分で決める。当然、今だってそうだ」

　そう笑い、グランヴィルの硬く筋肉の張り詰めた重い体が、クリスの上に覆い被《かぶ》さってくる。縛られたままの両手は頭の上でグランヴィルの逞しい手にしっかりと押さえられ、クリスはほとんど身動きも取れなくなってしまった。あまりに予想外の状況に、クリスは息を呑んだ。

（ま……、また嵌《は》められたっ……!?）

　さっきの『抱く』とは、こっちの意味だったのか。そう悟って、愕然《がくぜん》とした。

　けれど、一方で――。

　そんな場合ではないというのに、クリスは思った。

　今やっと本当にこのグランヴィルという男を理解できた気がする――と。クリスとグランヴィルは、一見正反対だ。彼は重い運命に縛られ、クリスは自由の羽を持っている。けれど、どこかで二人は決定的に通じる部分があった。グランヴィルは、そうと腹を決めたら、誰よりも自由に自らの信念を貫く強さを持っているのだ。クリスと同じく。

——仲間を見つけた。

あるいは、この世に稀なる共犯者を探し当てた。

それとも、世界の裏側にある秘密の暗号を読み解ける、数少ない同じ異能者を見つけた。

そのような不可思議な悦びと感動を共有し、クリスとグランヴィルは見つめ合った。

「……」

「……」

けれど、次の瞬間だった。

グランヴィルの逞しい手が、クリスの額《ひたい》を優しく這う。我に返って、クリスは慌てて口を開いた。

「ま、待ってくださいっ。あの……、そ、そうだわ、豚肉はあたしの大好物でもあるんです。そんな女を、あなたは許せるのですかっ？」

豚といえばクリスの大好物のひとつなのに、このグランヴィルはそれを許せるというのだろうか。それは共食い、という突っ込みはさておき、クリスはこう言った。

「あたしなんかを花嫁にしては、いつかあなたの愛するものを取って食べてしまうかもしれませんよ？」

「案ずるな、俺も豚肉は大好物だ。旨いからな」

「なっ……？　はっ……!?」

「さて――、今度の豚肉はどんな味かな」

グランヴィルが、にやりと不遜《ふそん》に笑う。

どっちの意味かまたわからなくなって、クリスは目を剝《む》いた。この悪魔に魅入られた王子の口にする言葉はどれも心臓《しんぞう》に悪すぎる。クリスは彼の閨房《けいぼう》に連行されるのだろうか、それとも厨房《ちゅうぼう》か。大混乱の真っ只中のクリスの耳元に、グランヴィルは優しく思いやりに満ちた声音《こわね》でこう囁いた。

「この柔らかな体をあますことなく食い尽くせば、今は飼い主に逆らおうとするその生意気な唇も、違う言葉を紡ぐようになるだろう。今まで、俺とともにあって俺に惚れない女なんかいなかった。じきにおまえも、俺が欲しくて堪《たま》らなくなる……」

「……っ」

「華麗なる千年王国プリ・ティス・フォティアス王国王子として、氷炎神鳥の御名の下に正式におまえに求婚を申し込もう。……さあ、今夜ここで、俺の花嫁となれ。クリスティアナ」

グランヴィルの命令が、耳に心地よく響く。体に力が入らないのは、長年の運動不足のせいか、疲労が溜まって抜けない年齢に差し掛かったからか、酒の神の悪戯か。それとも、まさか……。

しかし、そこで紅玉宮の扉がふいに、バタンと大きく音を立てて開いた。

「――さあ、グランヴィルよ。そこまでだ。そろそろ彼女を解放する時間だよ」

この性質《たち》の悪い双子王子の片割れ、ジュリアスが現れたのだった。


「……」

「……」

しばし――、無言で、二人の兄弟王子は苛烈《かれつ》ににらみ合った。

その様相があまりに深刻で恐ろしく、クリスはひたすらにこの状況から逃げたくなった。沈黙を避けようと、クリスはまた、よくまわりきらない頭で次から次に浮かんだ台詞を口にした。

「あ……っ、あの、そうにらみ合わないでください！　あ、そうだ！　あたしに提案があるんですけど！　ほ、ほら、まだ日暮れからそう時間も経《た》ってませんしっ……。じじじ、実は、神鳥王都で行ってみたいところがあるんですっ」

「なに……？」

「行ってみたいところ……？」

ようやく二人の王子はにらみ合うのをやめて、クリスの方を見てくれた。

ほっとして、クリスは今思いついたアイディアを提案した。

「あの——そう、大賭博場《カジノ》です。公爵城下にあるのもなかなかのものですが、神鳥王都の大賭博場にはさすがに負けます。お願いです、とっても興味があるんです」

そう話す裏でくるくると脳みそを働かせながら、クリスはなんとかニコニコと作り笑いを浮かべたのだった。

＊＊＊

その一時間後、クリスはステファニーと一緒に支度を整えていた。神鳥王都が誇る、悪い大人たちのために夜《よ》な夜《よ》な開かれる祝祭《サバト》の楽園——大賭博場に繰り出すのである。

ロマンチックな戯曲《ぎきょく》の観劇はどうかとも提案されたが、クリスにしてみれば恋愛歌劇なんか甘っちょろすぎて居眠りせずに観られる自信がない。酒と陰謀《いんぼう》、嘘と駆け引きの入り混じる大賭博場の方が、よっぽど食指が動くのである。

しかも、大賭博場といえば——趣向は当然、仮面による仮装である。クリスは、無数に用意された中から、顔の全面を覆う菫《すみれ》と真珠をあしらった美しい仮面を選んで被ってみた。

「……どう？　あたしだってわからない？」

「一目瞭然《いちもくりょうぜん》です。お顔はまあともかくとして、独身の貴婦人にしてはちょっぴり特殊なその体型を見ればね。体も隠せる仮面があったらよかったんですけどねえ、実に残念です」

「……」

侍女にばっさり斬《き》られて、クリスは閉口した。

ちなみにステファニーは、戯曲の主役にもなった神鳥王都の歌劇場下に棲《す》むという怪人をモチーフにした真《ま》っ白《しろ》な仮面で顔を隠している。見事な化けっぷりである。クリスでさえも、人ごみの中では自分の侍女を見失ってしまいそうである。

クリスは、肩をすくめて侍女にこう言った。

「まあ、なんとかなるでしょう。神鳥王都の大賭博場には何度か行ったことがあるの。大賭博場はあたしにとっては庭のようなものだもの。なんとか隙を見て……」

今度こそ逃げてやる。クリスが仮面の下の瞳に炎を燃やしたその時だった。

部屋の扉が開かれ、白薔薇《ばら》と黒薔薇を模した仮面をつけた二人の麗しい王子が登場した。

「さあ、行こうか。僕のプリンセス」

「迎えに来た。早く来い、クリスティアナ」

身分を隠したいというクリスの意向を重んじてとのことなのか、ジュリアスもグランヴィルも身に着けている衣装はシンプルな夜会服である。燕尾《えんび》服の下に白いベストを着用して黒の蝶《ちょう》ネクタイを締め、手には白い手袋を嵌めている。見事に均整の取れた体型や声さえ見過ごせば、王子とはわからないかもしれない。

さっと彼らのトラウザーズと靴に視線を走らせ、クリスはウゲッと目を瞠《みは》った。こちらの思惑を先読みしているのかどうか、二人揃っていやに動きやすそうな装備である。

（くっ……。本当に可愛くないわね、こいつら！）

白い手袋に包まれたジュリアスとグランヴィルの手にエスコートされ、クリスは大賭博場《マイ・ガーデン》へと向かったのであった。


シャンデリアを彩《いろど》る美しい光が、享楽《きょうらく》の祝祭にキラキラと落ちている。耳をつんざくような豪奢《ごうしゃ》な音楽が洪水《こうずい》のように鳴り響き、ルーレットが動く音や手札をめくる音に加え、無数のチップが山を崩すように動く音までもが聞こえてくる。賑わう人並みはまるで荒海の波のように流れ、誰も彼もが仮面の下で奇妙な含み笑いを浮かべていた。

虜囚《りょしゅう》の身の上も忘れて、クリスは一時目を輝かせた。

「うわぁ……！　大盛況だわ……！」

神鳥王都の大賭博場には、上流階級向けと庶民《しょみん》向け、それから会員制倶楽部《クラブ》の三種類がある。クリスたちが今夜選んだのは上流階級向けの大賭博場である。来場者たちはみな、繊細な技巧《ぎこう》を凝らした仮面を被り、目も眩むような衣装を身に着けている。

（カモがわんさかいる……！　ああっ、身包《みぐる》み引っぺがしてやりたい！）

ここに来た目的も忘れ、クリスは思わず手に汗握った。

カモったりカモられたりの駆け引きが大賭博場の醍醐味《だいごみ》ではあるが、こういうところの客層にはあまり強いのはいないものだ。それに、大概の場合、博戯《ギャンブル》でクリスが巻き上げるのは金ではない。金は唸《うな》るほど持っている上にこれ以上殖《ふ》やすわけにはいかないので、相手がムカつくオッサンだったりした場合に、その男が一番嫌なことを代償にやらせたりして楽しむことを趣味にしていた。無駄に偉そうな輩《やから》や勘違いして荒ぶっているような阿呆《あほう》に身の程を知らしめてやる時ほど爽快《そうかい》な瞬間はない。もちろん、無意味に他人の弱みを握るだけでも、十二分に楽しめる。

酒を飲んで肴《さかな》を食べつつ、くるくると大賭博場をまわって、クリスはあっという間に出来上がって博戯を存分に楽しみ始めた。

「ふふ、きみは本当に嬉しそうに人生を謳歌《おうか》するんだね。……さあ、飲んで」

耳朶に睦言でも吹き込むように、ジュリアスがクリスの左隣に座って囁いている。右隣にはグランヴィルが陣取って、愛おしそうにクリスの髪を逞しい指先で梳《す》いていた。

「まったく、おまえを眺めているだけで時を忘れるな。……ほら、肉を持ってきてやったぞ。これも食え」

「お、お二人とも近いです、ちょっと……」

二人の王子の顔をなんとか遠ざけようとしたクリスだが、その手はあっさり二人の白い手袋に包まれた繊細な手に絡め取られ、ほとんどジュリアスとグランヴィルの膝《ひざ》に座っているような状態にされてしまう。

「め……、目立ちますよ、こんなの！」

「大丈夫だよ、みんな賭博《とばく》に夢中だ」

「誰も俺たちのことなど見ていない。ほら……、また勝負が決まるぞ」

「……っ」

今にもジュリアスとグランヴィルの唇が頬につきそうになって、クリスは身動きが取れなくなった。相変わらず、二人揃ってクリスの話をちっとも聞いてくれない。それに気のせいか――カントリー・ハウスですごした夜より、彼らがクリスを求める腕に力が込められている気がする。……非常に困る展開であり、なんだかとっても不安である。

（……いっ、今に見てなさいよ）

自棄になって二人の王子に美酒と肉を届けさせてかっ食らいながら、クリスはバカラやルーレットに興じ、妖精たちの繰り広げる障害物競争《レース》に熱中することにした。

「よっしゃあ！　三番ピクシー来たあああ!!」

バカラでもルーレットでも妖精競争でも綺麗に予想を当てて、クリスは大勝を収めた。大賭博場まで乗ってきた馬車から見上げた夜空の星読みがこんなにガッツリ当たるのは久々で、クリスは満面の笑みを浮かべた。

（正義は我にあり！　やっぱり博戯最高！）

代わりに、周辺では阿鼻叫喚《あびきょうかん》の嵐《あらし》が起きていた。みんなクリスの被害者である。恐ろしいほどの借金を抱えて、博戯の夢から醒《さ》めて恐ろしい現実に叩き落とされている。

山のようなチップを抱えて、クリスは鼻歌を口ずさみながらこう言った。

「あたし、あの競争に勝った可愛いピクシーちゃんを労《ねぎら》ってきます。いいでしょ？」

「一人で行く気？」

「同行するぞ」

すぐにジュリアスとグランヴィルがクリスの両脇に立ち、そう言った。上等な酒と肉に赤らんだ顔でにやけて二人を見上げ、クリスはケケケと笑った。

「無粋なことを。エスコートは要らないと言っているでしょう」

そう言うなり、クリスはうず高く積まれた自分のチップの山をいきなり崩した。じゃららと豪勢な音が鳴り、滝のようにチップが床へと流れ出す。

「さあ、次の博戯が決まったわ！　この二人の極上なる美男を一番長く取り押さえた者に、あたしのチップを全部あげましょう！　おのおの方、勝負に興じなさい！」

「なっ……」

「なに!?」

驚いて声を上げたジュリアスとグランヴィルに、その正体が王子とは知らない、大枚を巻き上げられたカモたちがわあっと歓声を上げて無数に群がった。

ふんわりと膨らんだドレスのスカートをひらりと翻《ひるがえ》し、クリスはよいしょっとばかりにルーレットのレイアウトの上に乗り上がった。ここにもクリスが分捕ったチップの山が載っており、それを爪先《つまさき》で蹴散らしてクリスは走った。クリスのあとには、敗残者たちが続々と這いつくばっていった。

そのまま奥の緞帳《どんちょう》のように分厚いカーテンの向こうにさっと身を翻すと、クリスは、迷路のようになっている大賭博場の奥へ奥へと走ったのだった。

ステファニーに密《ひそ》かに隠させておいた真っ黒なドレスに着替え、クリスは大賭博場をさらに進んでいた。仮面は、髪に燐光《りんこう》を垂らして舞っているような白い蝶を模したものへと変えている。

大賭博場の奥は、神鳥王都でも限られた人間しか知らない会員制の賭博倶楽部に続いている。

（この秘密の賭博倶楽部の奥には、神鳥王都に異変が起きた時もすぐに逃げられるように、郊《こう》外《がい》への抜け道が用意してあったはず。上手《うま》くそこから逃げられれば……！）

クリスは、緞帳の奥へと秘されている荘厳《そうごん》な隠し扉を押し開いた。誰何《すいか》を受けて会員であることを示し、クリスはそのまま扉の内部へと進んだ。そのクリスのそばに、すぐにステファニーが立った。

「――いや、お見事な手腕《しゅわん》でしたね。よくぞご無事に逃げてまいられました。これで、もう少し足が速ければ言うことがないんですけど。その仔豚のぬいぐるみみたいな愛らしいぽっちゃり振り、やっぱりちょっと再考した方がいいかもしれませんねえ」

ステファニーは、事前に計画していた通り、今度は会員制賭博倶楽部の給仕に見事に化けている。クリスは、肩をすくめて小声でこう答えた。

「この体型は気に入ってるからいいの。それより、急ぐわよ」

会員制賭博倶楽部の中は、先ほどまでいた上流階級の者たちが集う大賭博場と違い、天井から落ちるささやかなキャンドルの光と、話し声の混じった妖《あや》しい静寂に満ちていた。ふんわりと漂《ただよ》ってくる不可思議な香りは、媚薬《びやく》を含んだ香水なのかもしれない。どのテーブルも音を通さない金襴緞子《きんらんどんす》のカーテンによって区切られ、誰が博戯に興じているかもわからない。トレイに酒や果物を載せた倶楽部の給仕の男女たちが音もなく動きまわっている。

クリスは、参加するテーブルを探す振りをして、どんどん先へと進んでいった。けれど、そのクリスに倶楽部の給仕の一人が声をかけてきた。

「お待ちください。お帰りになる前に、ひと勝負いただくのがこの倶楽部の掟《おきて》でございますが」

訝《いぶか》しげに、給仕は同輩と思《おぼ》しき衣装に身を包んでいるステファニーを見た。ステファニーは肩をすくめてこう言った。

「ですから、今遊戯《ゲーム》へご案内するところですよ。……ああ、ほら、あそこのテーブルがちょうど勝負の準備が整っていますね。さっさと行って終わらせましょう、お嬢様」

まだどこか不審げな様子の倶楽部の給仕を置いて、クリスはステファニーと一緒に目星をつけたテーブルの席へと着いた。


神鳥王都の会員制賭博倶楽部には厳格な掟があり、賭《か》けの結果はなにがあっても覆《くつがえ》らない。そして、常に会員同士が自分にとって大切なものを賭けて競う。もちろん、金がその会員にとってとても大切であるなら、賭ける対象にはなるのだが……。

テーブルの上に用意された手札遊戯《カード・ゲーム》を見て、クリスは肩をすくめた。

（……ブラックジャックか）

クリスが席に着くと同時に、倶楽部独自の掟《ルール》を定めたブラックジャックが始まった。用いるのは、タロットカードの小アルカナ（四種の絵柄と一から十までの数字及び四名の人物からなる手札）だ。この倶楽部のブラックジャックには、ディーラーは参加しない。ディーラーが手札を配って複数の競技者《プレイヤー》が勝負をし、配られた手札の合計が二十一になった者が勝利となる。

同じテーブルに着いている競技者は二人いた。男だ。

その奇妙な偶然の符合《ふごう》に嫌な予感がして目を上げてみると、競技者の男たちと仮面越しに目が合う。黄金色《きんいろ》をした髪が目につき、その髪の下に繊細で凶悪な蜘蛛《くも》の仮面が見えた。その隣に座る黒髪の男もまた、金髪の男とよく似た蜘蛛の仮面を被っている。

「……っ！」

クリスは、蝶の仮面の下で息を呑んだ。

（王子!?　も、もう追ってきたの……？）

泡を吹きそうになった。やっとのことで裏をかいて逃げてきたというのに、ジュリアスとグランヴィルはもう追いついてきたのか。

しかし――。

すぐに、クリスはこう思った。

（この秘密の会員制倶楽部で行った勝負の結果は、たとえ王侯だって覆せないわ。なら……）

この場に彼ら王子を引きずり出せたのは、幸運だったかもしれない。しかも、今は倶楽部の給仕に化けたステファニーがいる。目を合わせずとも我が意を得たりということか、すでに侍女はディーラーとして手札を切っている。

「……ノー・チェンジの一回勝負でいいね。さて、なにを賭ける？」

金髪の男が、そう口火を切った。少し距離が離れているから、声だけではジュリアスとは判断できなかった。けれど、クリスはこう答えた。

「もちろん、お互いが最も欲するものを」

「かまわない」

「勝負続行だ」

「……いいわ」

クリスは、眉根を寄せて頷いた。

（……絶対思い通りになんてならないんだから）

それから、クリスは侍女の配った手札に目を落とした。ばっちり小細工《イカサマ》は上手くいったようである。剣《ソード》のエースと十がクリスの手の中にはあった。

普段は博戯における小細工は好かないが、こういう事態ならばもちろん手段なんか選ばない。にやりとほくそ笑んで、クリスは手札を開いた。

「さあ……、オープンよ」

クリスの手札は、最強の組《ペア》である剣のエースと十である。ナチュラル・ブラックジャックだ。もし王子たちもナチュラル・ブラックジャックで他の絵柄のエースと十を出されても、剣より強い役はない。

（……やったわ、これにてこの馬鹿げた求婚劇も無事大団円よ！　さよなら氷炎王城！　ただいま公爵城のあたしのお部屋っ……）

勝利を噛み締めているクリスを余所《よそ》に、二人の男が同時に手札を開いた。その瞬間、クリスは目を剝いた。

「え……、えっ……!?」

金髪の男が開いたのは、タロットカードの大アルカナである愚者（零《ゼロ》）と世界（二十一）——。続いて黒髪の男が開いたのは、魔術師（一）と審判（二十）であった。

「……二十一だ」

「同じく、二十一……」

二人の男が、交互にそう囁く。

一瞬にして、体を温めていた酒の熱が引いていった。

思わずクリスが顔を上げると、金髪の男と黒髪の男は、等しく不敵に喉を鳴らして笑っているところであった。その脇に立つステファニーが、クリスを見つめて蒼白《そうはく》になってぶんぶんと首を振っている。

（う、裏切ってませんよ、わたしは！）

（そ、そうなの!?　じゃあ、なんだって手札の中に大アルカナが交ざってるのよ!?）

ブラックジャックのみならず、普通の手札遊戯は、タロットカードの小アルカナだけで勝負する。大アルカナはタロットカードで占いを行う時にしか使われないし、使用するとすれば、最高位の切り札《ジョーカー》として一枚二枚追加する程度である。どうしてこの最上級の管理を受けた神鳥王都の会員制賭博倶楽部で、大アルカナと小アルカナが交ざったままのタロットカードが使われるような大失態《ミス》が起こったのか——。

すると、クリスの驚愕《きょうがく》を楽しむように、金髪の男が立ち上がって近づいてきた。

「そちらは、小アルカナの二十一だね。まあ大アルカナは普通遊戯には使わないし、厳密な決まりはないが……。そちらとこちらの二十一では、どちらが強いかは明白だ」

「悪いが、こういう遊戯で負けたことがない。なにもせずとも一番強い手が勝手にまわってくるからな。……まあ、この勝負をおまえが選んだ以上、結果には従ってもらわねばなるまいな」

黒髪の男も、音もなく距離を詰めてくる。

しかし、奴らはまだ蜘蛛の仮面を取っていない。そして、クリスもまた、体型から正体はバレバレだろうが、一応蝶の仮面を取っていない。

ものすごく激似だが、別人という可能性に賭けてクリスは立ち上がった。この場で捕まらなければ、言い逃れもできよう。そう思った。

……けれど、今度はすぐに捕まってしまう。

「あっ……！」

両方の手首を同時に捕まえられ、クリスは目を見開いた。微笑んだ二つの唇から、恐ろしくも麗しい声が紡がれていく。

「そう何度もこの僕から逃げられると思ったら大間違いだよ、プリンセス」

蜘蛛の仮面を取って現れたのは、──当然のことながら、美しいジュリアスの天使のような微笑であった。黒髪の男も、続いて蜘蛛の仮面を取った。その下からは、悪魔のような瞳のグランヴィルの顔が出てきた。

「さっきはしてやられたが、即興にしてはなかなか面白かった。だが、余興はもういい。クリスティアナ」

二人の王子は、一瞬も視線を交わさずにクリスのそばにぴたりと体を寄せるように立った。そして、背筋が凍るほどに優しく甘く交渉を始める。

「最も欲するもの、か……。なにを貰《もら》おうかな。きみ自身――と言いたいところだが、この男にもそれを与えてやるわけにはいかないし」

「俺と結婚を――と言いたいところだが、兄上がそれを要求するのを許すわけにはいかんしな」

ぐるぐると目をまわしているクリスの動揺を楽しむように、ジュリアスとグランヴィルが左右の耳元で囁いている。

「では、こういうのはどうだろう？　……クリスティアナの手に、忠誠のキスがしたい」

「なるほど。それなら、俺もしたいと思っていました。いいでしょう、異論はありません」

「きみもかまわないね？　……ああ、きみは敗者だったね。意見を聞く必要はないんだった」

「敗者に口なし。文句は言うなよ、クリスティアナ」

二人の王子が、息を合わせたようにくすくすと笑っている。

（あば、あばばば……！）

真剣勝負に負けるだなんて久しぶりすぎて、あらゆる事象に心がついていかない。そのクリスの震える両手に、ジュリアスとグランヴィルのキスが落とされた。

「……っ……！」

これが、王子のキスか。今までに感じたことのない衝撃が全身を走り、クリスは足腰立たなくなったかと思った。笑っている二人の王子に両脇を抱えられるようにして、クリスは賭博倶楽部を出たのであった。

その後――。

一緒に寝ようと迫ってくるジュリアスとグランヴィルをなんとか強引に説得し、クリスは自分の寝泊りする居室を確保することに成功した。太陽嫌いなクリスの嗜好《しこう》と、南北に居館を持つ双子王子の意向が合致《がっち》し、クリスは氷炎王城《ひえんおうじょう》の西に位置する塔に居室を用意される運びとなった。

「……うひゃあ～。水晶《すいしょう》宮と紅玉《こうぎょく》宮の煌《きら》びやかさには目が潰《つぶ》れるかと危《あや》ぶみましたが、このお部屋もまた、素ん晴らしいことこの上ないですね。麗《うるわ》しき王子様方の本気の度合いが知れますねえ。この辺の調度品、持って帰って売っちゃおうかな」

クリスとステファニーが通されたのは、クリスがこよなく愛するあの公爵《こうしゃく》城の小塔の自室がまるまる五つ分くらいは入ってしまいそうな広間であった。

西日を遮《さえぎ》る目も綾《あや》なる金襴緞子《きんらんどんす》のカーテンが大きな窓を覆《おお》い、天蓋《てんがい》付きの贅沢《ぜいたく》なベッドがあり、使い心地のよさそうな長椅子《いす》にラグに書机などまでが置かれていた。天井には、当然のごとくキラキラと光を零《こぼ》すシャンデリアが美しく輝いている。

さらにはいくつか見えている扉をステファニーが覗《のぞ》くと、専用の浴室や書斎や遊戯室やご不浄（つまりは用足し部屋）などが配置されていると報告してきた。

部屋の豪華さに反比例するように、クリスはどんどん気が滅入る思いがした。

「まあまあ、クリスお嬢様ったら、そう落ち込まずに。せっかくぽっちゃりしてお歳《とし》の割に皺《しわ》がないのが良いところなのに、そんなしみったれた顔ばかりしてはいけませんよ。……あ、さては過去のことを思い出してるんですね？　クリスお嬢様は、案外、こういう時には過去を引っ張り出して悩み込む方だから」

ニタニタと笑いながら、ステファニーはクリスの痛いところを研《と》ぎ澄《す》まして突《つつ》いた。

「あんまり思い通りにならない状況に、あなたは今、公爵城下街の大改革のことを連想しているんでしょう。今やあの街の発展は、手のつけられない勢いとなっておりますからねえ。大商家は年々増え、目抜き通りはどんどん伸びていってますよ。特に、クリスお嬢様がお造りになった大賭博場《カジノ》なんか大盛況です。ついでにその向かいにあなたが造った悪徳高利貸し屋も大繁盛なんですよね！　連日連夜、見事に人だらけ」

「……」

クリスは、脳裏《のうり》に自分が作り上げた公爵城下街の様子を思い浮かべた。誰も彼もが景気の良さそうな得意顔をして城下の大通りを練り歩く。領主としては、悪くない眺《なが》めではあると思う。

——でも、あんなはずじゃなかった。明らかにクリスの狙いとは違った街並みである。

公爵城下にあるメリーディエスの街は、クリスが領内支配の実権を握ってからさらに繁栄《はんえい》を極めた。それというのも、まだ青かったクリスが、あまりに多大すぎる公爵領の税収を減らそうと、とりあえず領内の通行税を廃止し、城下街で徴収《ちょうしゅう》する税も軽減してみたことが原因だった。

大賭博場は、その頃賭《か》けごとに嵌《は》まり始めていたクリスの趣味で造った。自分が楽しむためばかりでなく、ついでに領民を賭博《とばく》漬けに追い込んで生産性を落としてやろうと、高利貸し屋まで素人《しろうと》考えで経営し出したのが悪かった。クリスの予測に反してメリーディエスの街はどんどん商人が流入して人が増え、大賭博場や高利貸し屋に落ちる金も増えたが、金の流動がどんどんよくなり、賭博で巻き上げても巻き上げても、高利で金を貸しても貸しても、カモの領民や商人たちは本業で儲《もう》けてなんとか資金繰りを乗り切ってしまうのだ。

一応、クリスの計算ではそのうち公爵家の収支も領民たちの収支もバーストするはずであるのだが、まだまだ、その瞬間の到来は訪れる兆候《ちょうこう》がない。つまりは大黒字である。

となれば……、だ。

今やっているのと正反対の政策を掲《かか》げれば、この空前絶後の繁栄に歯止めをかけられるに違いない。大増税だ。

だが、初めの大失敗に苦い思いをさせられたクリスには、まだまだその踏ん切りがつかない。

大増税をかければ、単純に瞬間的な公爵家の実入りは増えるのだ。つまりは公爵家の金庫がまた潤《うるお》ってしまう。それでは、ますます金の使い先に困ることになってしまうではないか？

――そう考えると、思い切った大増税に舵《かじ》きりできずに今日まで来てしまっているのだ。

あの失態を目の当《ま》たりにして以来、クリスは入ってくる方を無駄に弄《いじ》くるのは止めた。とにかく財産を食い尽くすには、使うに限る。

「クリスお嬢様って、意外と素を表に出しませんよねえ。なかなか本気にはおなりにならないですし、底が見えるようで見えないお方です。いまだにわたしにも、あなたが次になにを仕出かすかは読み切れませんよ」

「なにが言いたいのよ？」

「いえいえ。ただ、めずらしくあなたが思い悩んでいらっしゃるなあと思いまして。あなたは今、男心がまったくわからなくて困っているのでしょう。なのに、その道の達人であるこのわたしに助言ひとつも求めないで。……初めに取った方策が間違っていたと思っているなら、ここは思い切って正反対のことをしてみたらいいじゃないですか」

「……大増税？」

「そうそう、そういうことです。あなたが下手《へた》に結婚を渋ったから、王子様方は燃え上がっていらっしゃるんですよ。男はみな狩人《かりうど》。簡単に手に入る美女になど興味が湧かないけれど、難攻不落なぽっちゃり年増の骨董姫《ミス・アンタッチャブル》にはそそられるんです。だからね、ここは」

「求婚を受けてみろと言っているのね」

「そういうことです。引いてもダメなら押してみろ。グイグイの乗り気になってガンガン攻めまくるんです。『心の底から愛してる！　あなたがいないと、クリス死んじゃうっ♡』くらいの男をうんざりさせるような愛の台詞《せりふ》をのたまってみてはいかがです？」

「……なんだか、そんな台詞を口走った途端諸手を縛られて礼拝堂に連行されそうな気がするのは、あたしだけ？」

「その可能性は見過ごしておりましたわ」

ステファニーがケタケタと笑った。

クリスの脳裏に、天使のような笑顔の男と悪魔のような形相《ぎようそう》の男が、息を合わせてクリスの足枷《かせ》に繋《つな》がった鎖《くさり》を手繰《たぐ》っている様子が思い浮かんだ。無限に近い長さを誇《ほこ》っているはずの鎖が、どんどんそのゆとりを失っている気がする。クリスは、ぞっと全身を震わせた。クリスの背に生えている自由の羽がバキッと折られる事態なんて、想像したくもない。

「……とにかく今は、もうなにも考えたくないわ。眠くて眠くてしょうがないの。酒飲んで寝るわ。あたしが寝てる間に何人《なんぴと》たりともこの部屋へ通すことは許さないからね」

「はいはい、かしこまりましたよぉ。ごゆっくりおやすみなさい、クリスお嬢様」

ステファニーの返事を聞いて肩をすくめ、クリスは天蓋付きのベッドの中に飛び込んだ。そこへすかさず、侍女《じじよ》がクリス好みの寝酒《ナイト・キャップ》を差し出す。自棄《やけ》気味に多量の寝酒をかっ食らって、クリスは地鳴りのような大いびきをかいて深い眠りへと落ちたのだった。


翌朝——。

クリスは、敗北感にまみれてご不浄にこもっていた。

（夜寝て朝起きてしまった……。このあたしとしたことが……）

なんとしたことだろうか。太陽嫌いで夕方まで眠りこける生活をこよなく愛しているクリスは、あまりの屈辱《くつじょく》に涙を滲《にじ》ませた。

「うっ、うっ、うぅっ……。……うげえええ!!」

苦しい。苦しすぎて胃と喉《のど》が引き絞られて、涙と鼻水が止まらない。酒の飲みすぎの報復を受けてリバースするだなんて、何年振りであろうか。うっかり猛烈な量を飲んでしまった寝酒が地味に効いている気がする。あの食えない侍女の仕業だ。

千年王国の者たちはみな潔癖症かと称されるほどに衛生観念が発達しており、神鳥《しんちょう》王都以下あまねく都市に上下水道が完備されている。その恩恵《おんけい》を受けて、このご不浄も当然のごとく匂《にお》いひとつしない。

眩《まばゆ》いばかりの金銀宝石に彩《いろど》られて逆に落ち着かない華麗《かれい》なる便壺《べんつぼ》にすがりついて、クリスは人生にはびこるあらゆる後悔を胃から喉から吐き出していた。

臓腑《ぞうふ》が丸ごと出ているのではないかと危ぶむような胃からの異物の再誕振りだが、この苦しい通過儀礼を越えて臓腑を苛《いじ》めていたものをそっくり水に流してしまうと、不思議と体が軽くなった。なんだかついでに体重も軽くなったような気もする。

せっかく薄れていた昨夜の記憶も一緒に戻ってきてしまったが、顔と口をすっかり綺麗《きれい》にしてから、クリスはなんとか奮い立った。この軽くなった頭と体を駆使《くし》すれば、きっとこの求婚劇から脱出することもできるに違いない。

そう思って、クリスはご不浄を出た。


「――やあ、クリスティアナ。おはよう、いい朝だね。今日も一番にきみの顔を見ることができて、僕はこの上なく幸せだよ」

ご不浄から出たクリスを迎えたのは、ジュリアスの爽《さわ》やかな笑顔であった。

少しばかりよくなった顔色を一瞬にして青ざめさせて、クリスは今出てきた扉の中に戻ろうとした。しかし、その扉をジュリアスに摑《つか》まれてしまう。

「そんな意地悪をして、僕から逃げないで。クリスティアナ。きみの顔がもっと見たいんだ。ほら、おいでよ。きみのために朝食を用意したんだ。一緒に食べよう」

「ジュリアス様……！　あたしにも、心の準備というものがあります。まだ起きたばかりだというのに、朝食なんて楽しめません」

二日酔いで浮腫《むく》んだ顔をさらに膨《ふく》らませてそう抗議してから、クリスは横目で侍女をにらんだ。

「……ステファニーちゃん、誰も部屋に入れるなって言ったでしょ」

「クリスお嬢様が起きるまではというご命令でしたよ。それに、ジュリアス殿下が耐え難《がた》い魅力に満ちた賄賂《わいろ》を渡してきたんですもの。平々凡々なこのわたしには、抗《あらが》うことはできませんでしたわ」

「賄賂？」

「ほっぺにキスです。本当は唇《くちびる》に濃厚なのをおねだりしたんですけど、今はもうクリスお嬢様に一途《いちず》な愛を捧《ささ》げているからって断られちゃいました」

「……主人を売るのにほっぺにキスだけって、安すぎない？」

テヘ♡　とお茶目に笑って、ステファニーはお役御免《ごめん》とばかりに部屋を出ていった。

ステファニーの逃げ足の速さに脱力して油断したクリスの頬《ほお》に、ジュリアスがキスをしてきた。

「っ……！　ジュリアス様っ！」

頬を押さえてジュリアスから遠ざかろうとすると、それをジュリアスの両腕に引き止められる。ジュリアスの腕が、クリスの肉付きのいい腰にまわった。クリスは、眉間に皺を寄せてそっぽを向いた。

「なにをです？」

「ごめん、怒ってる？」

「僕がきみ以外の女にキスをしたことさ。きみの侍女を籠絡《ろうらく》するのに苦労したんだよ。けど、あんまり彼女を責めないで。少なくとも、彼女は金では転ばなかった。いい侍女だね」

「……それは認めます。彼女は侍女ですけど、あたしに愛想を尽かさないたった一人の友人ですから。それに、キスについてはどうせ彼女の方から提案してきたんでしょう」

「まあね。……さて、念のために訊《き》いておくが、彼がきみの親しい友人というわけではないのだよね？」

ジュリアスが、まるで睦言《むつごと》でも囁《ささや》くようにそう確認してくる。わかり切ったことをと、クリスは肩をすくめた。

「あたしにとっては、彼女は彼女です」

「ならよかった。きみが大事にしている人を無残な目に遭《あ》わせたくはないからね。それに、彼女はきみが望んだたったひとつの氷炎王城滞在の条件だ。できれば、叶《かな》えてやりたい」

「結婚したくないという、最も大きな望みは叶えてもらえていませんけどね」

「はは、わかってるくせに。それは僕が生きている限り、絶対に叶えられない。僕を殺してでいた。

極上の蜂蜜酒《はちみつ》よりも甘い天使のような微笑を浮かべて、ジュリアスは鬼畜《きちく》のような台詞を吐いた。

その笑顔にうっかり酔いそうになり、クリスは口を尖《とが》らせた。

「……命なんか懸けるくらいなら、素直に王位を継いだらいかがです。ジュリアス様には玉座がよくお似合いと思いますけど」

「……そう。そっか」

クリスの言葉に、ジュリアスが切なそうに目を細めた。そして、自分の繊細《せんさい》な指先とクリスの指先とを絡《から》ませる。

「その言葉は本当のきみの心から出たもの？　……この僕に王位を継げと進言するということは、……きみはグランヴィルを選ぶということかな」

「え……？　あ、あの……」

「昨夜、紅玉宮で奴《やつ》と二人でいた時、なにを話したの？　馬鹿《ばか》みたいだが、気になって仕方ないんだ。こんな気持ちになったのは初めてだ。僕のいないところできみが他の男の目に晒《さら》されていると思うと、……耐えられない。きみはグランヴィルが好きなのか？　クリスティアナ」

そのあまりに苦しげな瞳《ひとみ》に、クリスは戸惑《とまど》った。そして、気がつけばふるふると首を振ってこう言っていた。

「い、いえ、そういうわけじゃありませんけど……」

「そう？　本当に？」

安堵《あんど》したように、ジュリアスがすっとクリスを引き寄せ、ぎゅっと抱きすくめた。すぐに振り払おうとしたのだけれど、ジュリアスの腕があまりに強く情熱に溢《あふ》れていて、すぐには離れられなかった。

「……よかった。答え次第では、今すぐ弟を殺しに行かなければならないところだった」

「そっ、そんなっ……！　いけません、ジュリアス様！」

「大丈夫だよ、心配しないで。きみに血なまぐさいものを見せる気はない。少なくとも、今はね」

「で、でも、冗談がすぎます」

「冗談、か。まあ、きみがそう思いたいならそれでもいいけど。ねえ、クリスティアナ。僕は今まで誰も信じたことがなかったけれど、きみのことは信じている。きみだけは僕を一人にしたりしないと思ってるよ。だから……、僕を裏切って見捨てたりしないで」

甘く囁くような脅迫《きょうはく》に、クリスは慌《あわ》ててこう答えた。

「だ、だからですね、裏切るとか見捨てるとかじゃなくて、あたしは誰とも結婚しないと何度言えばわかるんですか。心配しなくても、あたしなんかに求婚するような変わり者はジュリアス様とグランヴィル様くらいですし、そのどちらにもすでに返事は申し上げてますっ」

「僕も何度も言っているつもりなんだけどな。僕は決して諦《あきら》めないよ。きみのいない人生なんて、もう僕には耐えられないんだ。きみもそうだと思ってたんだけど、違うのかな」

「ち、違います……。そんなことは、ありません」

クリスはすぐにも否定したのだが、――なぜだか声に力が込められないのであった。

豪奢《ごうしゃ》すぎる朝食をクリスが自棄食いし終えると、ジュリアスはクリスを水晶宮の中庭へと誘った。

「……気が進みません。あたし、室内ですごすことをこよなく愛しているんです。太陽も自分の足で歩くことも嫌いです」

「そう、わかった」

クリスの要望に、ジュリアスはあっさり頷《うなず》いた。そして、ぬいぐるみでも抱くように気軽に、クリスの体を横抱きにして両腕で抱き上げた。

驚いて、クリスはバタバタ足を揺らした。

「ちょっ……！　ジュリアス様、いけませんっ。あたしみたいなのを抱き上げたら、腕が折れます」

軍人としても活躍しているようなグランヴィルはともかく、優雅なジュリアスに屈強なイメージはない。本気で心配してクリスがそう進言すると、ジュリアスはちょっとムッとしたような顔をした。

「今、僕を誰かと比べた？　……まあ、いいか。きみは少し、男を甘く見ているようだね。きみを抱き上げるくらい、僕でなくても男なら誰でもなんの負担もないよ」

「でも……」

「心配しないで。それより、歩くことと太陽が嫌いなんだろう？　なら、僕が日陰《ひかげ》を選んできみを連れていってあげるから。水晶宮の白薔薇《ばら》園は、今が見頃なんだ」

その言葉通り、ジュリアスは中庭に落ちている影を選んで、太陽を避けるようにクリスを白薔薇園へと招いた。

白薔薇園からは甘い香りが鼻腔《びこう》をくすぐり、美酒の芳香と肉料理のよく焼ける匂い以外には滅多に食指を動かさないクリスも、さすがに素晴らしいと感嘆せざるを得なかった。

「綺麗ですね。それに、とてもいい香りです……」

「ここは僕のお気に入りの場所でね。ぜひきみに見せたかったんだ。薔薇の季節は限られているから」

水晶宮のクリスタルを思わせる透明な輝きを放つ白薔薇が、庭園中に今を盛りと咲き乱れていた。白薔薇で溢れた花壇があり、アーチがあり、タワーがある。

久しぶりに太陽が照らす緑の鮮《あざ》やかさの中に汚れひとつつかない足元を晒して、クリスは新鮮な気持ちになっていた。

たくさんの白薔薇が飾られた東屋《あずまや》に入ると、クリスはそのままジュリアスの隣に腰かけた。ジュリアスが用意してくれていたのだろう。東屋には柔らかなクッションが置かれ、湯気を立てる紅茶や肉料理や酒までもが揃《そろ》えられていて、東屋だというのに水晶宮の中のように心地よい空間になっていた。ちなみに、お菓子の類《たぐい》は一切ない。クリスは、甘味が好きではないのだ。

「……本当にあたしの好みをよく調べていらっしゃいますね」

思わず感心して、クリスはそう呟《つぶや》いた。

朝食の席も、香り高い紅茶から始まり、伝統的な卵料理にボイルド・ソーセージやフレッシュ・フルーツジュースなどに加え、朝っぱらからボリュームたっぷりのクリスがこよなく愛する肉料理が並んでいた。

「愛する人のことなら、なんでも知りたいと思うのが男の心理だよ。さあ、紅茶にブランデーは何滴《てき》落とす？」

「それは……」

ごくりと、思わず喉が鳴る。

だが、まだ日も昇ったばかりである。

さすがに酒豪《しゅごう》のクリスも、朝っぱらから飲酒を嗜《たしな》むのはまずいと、ジュリアスの誘惑を固辞《こじ》した。酒の神ディオニュソスを称《たた》える秘祭は、草木も眠る深夜に行うからこそ神秘的で美しいのだ。それが、酒の神に我が身を食い殺されないコツでもある。

その純真無垢《むく》なるディオニュソスとの誓約ゆえに今は酒を控えて香り高いローズ・フレーバー・ティーを楽しんでいると、クリスの髪にジュリアスがひと際美しい白い薔薇を飾った。

「ああ、思った通りだ。きみの髪に飾るなら、絶対に白い薔薇だと思っていた。今日ここに連れてきて本当によかった」

優しくそう呟くと、ジュリアスは器用に白薔薇で花冠《はなかんむり》を作り上げた。そして、クリスの髪に飾る。

「こんなに美しい白薔薇を飾られては、あたしの髪なんか立つ瀬がありませんよ。もったいないです」

「そう？　僕の瞳には、きみの美しさを前にして、水晶宮の白薔薇の方が恥じ入っているように見えるけどな。きみは、謙遜《けんそん》がすぎる。僕はきみほど心惹《ひ》かれる女性に逢《あ》ったことがないよ」

「また美しすぎる嘘《うそ》をおっしゃいますね。あたしより美しい女はいくらでもいますわ。そういう女たちに愛を囁きに行かなくていいんですか？　きっとジュリアス様を心待ちにしているでしょう」

「僕の気持ちを芯《しん》からわかっているくせに。きみは本当に意地悪だね」

クリスの髪を撫《な》でながら、拗《す》ねたようにジュリアスが言う。それから、取って置きの悪戯《いたずら》の仕掛けを明かすように、ジュリアスはクリスにこう打ち明けた。

「……まあ、きみより美しい女はいるかもしれないが、残念ながらこの僕より美しい女には逢ったことがない。だから、本当のところ、僕は女の持つ美などにはさして興味を持てないんだ。恋に酔う宵闇《よいやみ》のうちはよくても、朝になって水晶宮で鏡を見ればいつでも興醒《ざ》めするからね。常に僕を失望させる外面的な美よりも、今は価値のあるものを見つけた。僕は幸せだよ。きみは見ようによっては、ぬいぐるみみたいですごく可愛《かわい》いし」

ジュリアスの繊細な指先がクリスの髪の上を滑《すべ》り、いつの間にか白薔薇の花冠に合う髪型に作り変えていく。

「でも。……もし、きみがなにかを不安に思うなら、きみが言うその、きみより美しい女とやらを僕がすべて葬《ほうむ》ってきてもいいけど。僕は、きみのためならどんな悪にだってなる」

「そ、そんなっ……。あ、あたしは、そういうつもりで言ったわけじゃありません」

クリスは、慌ててジュリアスに首を振った。ジュリアスは、ふっと微笑《ほほえ》んでこう言った。

「きみは優しいね、クリスティアナ。知れば知るほど、僕はきみが好きになる。きみのすべてが知りたい。きみの真実を哀《あわ》れな恋の奴隷《どれい》の僕に見せてくれたら、僕はこの上なく幸せだ」

「ぜ……、全部見たら、きっと失望しますよ。それでなくとも、いずれジュリアス様はきっとあたしに飽《あ》きます。そうわかっていて、あなたに身を任せるほどあたしは愚《おろ》かじゃありません」

クリスがなんとか矜持《きょうじ》を保ってそう言うと、ジュリアスは喉を鳴らして笑った。

「それじゃ、きみを今押し留めているのは、未来《さき》を報《しら》せるきみの知性というわけだ。だけど、その知性は嘘つきだよ。きみに飽きることなんてあり得ない。あれから、きみのことが頭から離れないんだ。愛なんて、僕の中には存在しないのだろうと思ってた。……でも違った。僕はきみのことが心底愛《いと》おしい。今の僕は、きみが僕のものになる時ばかりを想ってしまうんだ」

本当に恍惚《こうこつ》とするような瞳で、ジュリアスがクリスを見つめている。あれほど冷たいと感じたアイス・ブルーの瞳が、今は蕩《とろ》けそうなほどに熱い。その鏡のようなアイス・ブルーの瞳に、赤くなったクリスのらしくない顔が映っている。

「ふふ。困った顔も幼気《いたいけ》で可愛いから、このままもっと先へきみを連れていってしまいたくなるな。抱いてしまえば、きみが僕のことしか考えられなくなるのはわかっているのだが……」

「そ、そんなことしたら、……怒りますからね？」

「それは怖い脅《おど》しだ」

くすくすと笑って、ジュリアスはクリスを鼻先の触れ合いそうな距離で見つめ、それからこう言った。

「……まあ、それはやはりちょっと卑怯《ひきょう》だろうな。賢《かしこ》いきみは、きっと僕が本気で命令すれば逆らわないのだろうし。さあ、命令を選択しなかった僕の忍耐に免じて、ご褒美《ほうび》をくれないかな。見つめ合っているとどんなに一途な忍耐も持ちそうにないから、僕の膝《ひざ》に乗って」

「お断りします。王子様のお膝を鬱血死《うっけつし》させたくないですから」

「だから、そんなことはあり得ないって」

「でも、嫌です。女の恥じらいと思ってください」

「しょうがないな。……なら、僕がきみの膝に乗せてもらおうかな。愛する女を椅子代わりに使うというのも、愛を知ったゆえにできる極上の贅沢かもしれないし」

そう言うと、ジュリアスはおもむろにその長い脚《あし》をクリスの膝に乗せた。それからクリスの花冠で飾られた後頭部を捕まえて、その肩に寄りかからせる。

この密着度は不本意だが、ジュリアスを椅子にするよりは、クリスが椅子になった方がいい。それに、やっとジュリアスのアイス・ブルーの瞳から視線を逸《そ》らすことができて、クリスは内心安堵もしていた。

そして、あらためて花盛りの白薔薇園を見つめた。クリスはこれまで、花が美しいと思ったことなどなかった。でも、今は、この白薔薇たちを心から素晴らしいと感じている。

クリスは、ようやく心ゆくまで白薔薇園の風光明媚《めいび》な光景を楽しんで、それからこう言ってみた。

「……幼気とおっしゃいましたが、あたし、もう三十ですよ。言っておきますが、十代の愛らしいご令嬢方とは違って、男性経験も豊富にあります。ええと……、両手の指くらいだったかしら」

「……ふーん、そうなの」

詰まらなそうに、ジュリアスの指がクリスのまとめた髪から落ちた後れ毛をくるくると絡め取った。

「妬《や》けるけど、過去は変えられないから仕方ない。きみとは十六年も前に逢っていたのに、運命に気づかなかった自分を恨むしかないね。それに、過去を責め出したら僕の方が分が悪い。きみの何倍も消したい過去がある」

「……」

クリスは閉口した。

かなり盛って両手の指と言ったのだが、目論見《もくろみ》が甘かったようだ。

その後も、どこか切なげにジュリアスはクリスの過去を訊いた。

「そう……。……それじゃ、その次は?」

「ええと、だから、ジョンとマイクとボブが現れて、『ハーイ、ハニー』などと申しまして……」

「……そいつらのこと、好きだった?」

背中から聞こえてくるジュリアスの声が、あまりに悲しげで、喉元まで『全部嘘です』という言葉がせり上がってきた。だけど、代わりにクリスは小さく呟いた。

「……まあ、あの、それなりには……」

「そうか……」

無茶苦茶な恋愛遍歴を話しているうちに、気がついたら、太陽はとっくに中天に昇っていた。

（……本当になにもせずに帰されてしまった）

西の塔で遅めのランチを食べながら、クリスはそう思った。

昨夜のように強引に襲《おそ》われるのかと身構えていたのだが、あのあともジュリアスの態度は至って紳士《しんし》的であった。唯一あったそれらしい接触といえば、朝にされた頬への軽い口づけくらいのものだった。

もちろんホッとはしているのだが、それで心が隅々《すみずみ》まで落ち着くわけではない。

あの策略家のジュリアスのことだから、きっとなにか深い裏があるのではないか。そんな不安が拭《ぬぐ》えないのだ。

（たとえば、一緒に食べた料理に遅効《ちこう》性の怪《あや》しい薬が盛られていたとか……）

ふと気がついたら、氷炎王城の十字回廊《かいろう》で全裸《ぜんら》で謎の踊りを舞い踊っていた——とか、そんな現象が起きているのではないだろうか。

そんな事態を危惧《きぐ》していると、どこかへ消えていたステファニーが部屋に戻ってきてこう言った。

「あらら、まだお食事が終わっていらっしゃらないんですか。グランヴィル様がお待ちですよ。クリスお嬢様の午後のお時間をいただきたいとのことです」

「……っ。ごほっ、がぼっ、ごぼぼぼ!!」

その報せに、口に放り込んでいた豚肉《ぶた》のソテーが気管に入って、クリスに地獄《じごく》の苦しみを与えた。きっとこれは、悪魔に魅入られた王子がかつて飼っていた愛らしい仔豚の呪《のろ》いに違いない。

「こんな中途半端なところで死ぬ気ですか? 意味のない頓死《とんし》で主役退場なんていう展開、今時どんな戯曲《ぎきょく》でもやりませんよ」

可愛い侍女が、青くなって涙と鼻水を撒《ま》き散らして喉を押さえている主人を見て、ケタケタ笑うのだった。

ランチを終えたクリスを、グランヴィルは愛馬での遠乗りへと誘った。

例によって例のごとく太陽嫌いを理由に断ろうとしたのだが、天候までもが悪魔に魅入られた王子に平伏《ひれふ》すとでもいうのだろうか。折も折、外はいい具合に曇天《どんてん》であった。

今度は体が重くて歩くのが億劫《おっくう》だと言ってみたら、靴《くつ》を脱がされて裸足《はだし》でそのままグランヴィルに運ばれることとなった。

打つ手のなくなったクリスは、そのまま否応《いやおう》なくグランヴィルと一緒に遠乗りに出ることになった。

「迎えに行くのが遅くなってすまなかった。神鳥王都近郊《きんこう》に、近頃盗賊《とうぞく》が出没《しゅつぼつ》するようになったのだ。氷炎王城に間者《かんじゃ》でも送り込んでいるのか、奴ら、尻尾《しっぽ》をなかなか摑ませなくてな。部屋で退屈していたんじゃないか？」

「まっ、まったくもってそんなことはありませんけどっ。でもっ、あの、グランヴィル様の愛馬のおみ脚が折れてしまうのではありませんかっ？　あたしなんかを乗せたら」

グランヴィルの腕に抱かれて彼の駆る黒馬に乗りながら、クリスは騎手であるグランヴィルにそう訴《うった》えた。

「案ずるな、そんな柔な脚を持っている馬は俺の厩《うまや》にはいない。それとも、怖いのか？　少し速度を緩《ゆる》めるか」

手綱《たづな》から離した片手で気遣うように額《ひたい》を撫で、グランヴィルがクリスの瞳を覗き込んでくる。その手には、深い思いやりが満ちていて、クリスは、思わずぶんぶんと首を振った。

「い、いいえ、そういうことではないんです。あたし、こんなことを怖がるような殊勝な女じゃありませんから」

速度を緩めたりしたら、グランヴィルから解放されるまでの時間が延びる。そう判断したのだが、グランヴィルはクリスを抱く腕に力を込めた。

「なるべく揺れないように行く。怖くなったらすぐ言えよ、クリスティアナ」

グランヴィルの声は、あくまで優しい。どこまでもクリスのことを純粋に心配しているように聞こえる。フレイム・レッドの瞳とクリスの瞳とが、密に絡み合う。つい顔を伏せると、クリスが遠出を嫌がっていると解釈したのか、グランヴィルがこう言った。

「馬での遠乗りは、俺の我が侭《まま》だったな。許してほしい」

「え……？」

思わず顔を上げたクリスに、グランヴィルはフレイム・レッドの目を寂しげに細めてこう言った。

「馬鹿だな、俺は。おまえの気持ちも考えないで。……だが、こうしてともに馬に乗って、同じ風を感じてみたかった。こうしていると、この世界におまえと二人きりでいるような気になれるんだ」

「……」

グランヴィルの低い声が、耳に馴染《なじ》んで心地よく響く。

気がついたら、クリスは黒馬の上から地平線の彼方《かなた》まで広がる美しい光景を見つめていた。

プリ・ティス・フォティアス王国はとても肥沃《ひよく》で豊穣《ほうじょう》な大地を持つ、自然と資源と人に恵まれた国だ。

国土をあまねく優しく撫でる風が、やさぐれた三十路《みそじ》女のクリスの膨れた頬も平等に撫でていく。

久方振りに——いや、人生初だったかもしれない——クリスは、広大な天と地が、そして世界が美しいと素直に思った。だんだんと雲が晴れ、太陽が覗きそうな気配を見せていたが、それすらも気にならなかった。

緑の薫りをふんだんに含んだ涼しい風の吹く湖畔《こはん》で、グランヴィルは愛馬からクリスを抱き降ろした。

太陽嫌いと言い張るクリスを大木が傾ける優しい木陰の中に隠すように、グランヴィルは柔らかな草の上に座らせた。午前は日を浴びていたのか、心地よい温かみが草の覆う大地には残っていた。

「昨夜はよく寝られたか？　クリスティアナ」

「ええ、まあ……」

あいまいに頷き、それからクリスはこう言った。

「あの、あたしのことはそんなに気にかけなくても大丈夫ですよ。どんなところでも眠れるし、どんなところでも生きていけます。今までこの華麗なる千年王国プリ・ティス・フォティアス王国で、売れ残りだの骨董品だのと罵《ののし》られようとも女一人で生きてきたんですもの。怖いものなんかありません」

「そうか」

可愛げのない膨れっ面を晒しているクリスに、グランヴィルはふっと笑った。そして、さぞ愛おしいものでも触るように、クリスの頰をそっと指先で撫でた。

「頼もしいことだな。ならば、悪魔に魅入られた王子の花嫁になっても、生きていけるだろう。なにを置いても俺はおまえを守るが、俺と一緒になっては伝わらないところで悪《あ》しざまに言われることも多いだろうしな」

「そ、それは……」

藪蛇《やぶへび》だったことに気づき、クリスは焦《あせ》った。

「でも、あたしみたいなのと結婚しては、グランヴィル様のご名声に響きます。いかに複雑なご事情があろうとも、考え直すべきですよ」

「そんなことは、そう気にすることじゃない。もともと、俺は誰とも結婚する気はなかったのだ。俺を慕う騎士たちなら自《みずか》らを守る術《すべ》を持っているが、女となれば話は別だからな」

「なにか事故が起きて、選択肢《せんたくし》なくあなたが王位を継ぐことになろうと……ですか?」

「ああ」

クリスの質問に、グランヴィルはこともなげに頷いた。

「俺のような男と深い縁を結ばせて、女を悪魔の妻だと罵らせるのは趣味じゃない」

「また、ずいぶんと意外なことをおっしゃいますね……。女相手だろうと手加減はしないとおっしゃったのに、真《ま》っ赤《か》な嘘じゃないですか」

「嘘じゃないさ。必要なら女にも手加減はしないが、不必要なら手心を加えるくらいの余裕はある。俺の因業には、誰も巻き込まないつもりで生きてきた。またあの仔豚のような目に誰かが遭うのだけは、この目で見たくないしな……」

その声に、悲しさも諦めもない。本当にただそうとだけ決めて、グランヴィルは今日まで生きてきたのだ。

ついクリスがグランヴィルを悲しく見つめると、グランヴィルは首を振った。

「おまえにそんな顔をさせるつもりで話したわけじゃない。それに、もう過去のことだ。過去は岩だと、おまえが言ったじゃないか。なのに、そんな顔をされると……。自制も我慢も放り出したくなる」

「え……、あっ……」

グランヴィルは、その温かな腕で驚いているクリスを優しく抱きしめた。そして、戸惑っているクリスの耳朶《じだ》へ、そっとこう囁いた。

「……クリスティアナ。昨夜から、まるで、俺はどうかしてしまったみたいなんだ。頭に思い浮かぶのは、おまえのことばかりだ。だから、おまえが俺といない時、兄上とすごしているのだと思うと居ても立ってもいられない。なあ、兄上と二人でいた時、なにを話したのだ？　兄上には、俺よりも心惹かれたか……？」

ひどく苦しそうに、グランヴィルが言う。彼を助けたい――思わず、クリスはそう感じてしまった。けれども、なにか言いたいのに、なにも言うことはできなかった。

クリスの沈黙をどう思ったのか、グランヴィルは静かに首を振った。

「……いや。答えたくないなら、答えなくてもいいんだ」

「グランヴィル様……」

「だが、さっきみたいな質問はダメだ。おまえのその賢さは愛しいが、あまりずるい質問をするな。俺は嘘を嫌うと言ったおまえの虜《とりこ》だから、なんでも答えてしまう。けど、おまえのことを傷つけたくはないんだ」

グランヴィルの唇が、クリスの耳にもう少しで触れそうな距離にある。もう一方の耳は、グランヴィルの硬い胸板の奥で響く心臓《しんぞう》の高鳴る音を捉《とら》えている。

「っ……」

クリスの背にまわされたグランヴィルの逞《たくま》しい手が、優しく滑っていく。

「……こうしてそばにいると、ダメだな。おまえが俺を怖いと思わなくなるまでは……と考えていても、もっとそばで触れたくなってしまう。俺は、こんなにもおまえが愛おしい。こんな感情がこの世にあるなどとは、今まで知らなかった。俺は、おまえが欲しくて堪《たま》らない。……だが、このまま抱いてはいけないんだろうな」

「ダメです。いけません、それはっ……」

真っ赤になって、クリスはぶるぶると首を振った。それから、クリスは慌ててこう続けた。

「あっ……、あたしが悪かったです。もうあなたを困らせるような質問はしません。だから……っ」

「もう降参か。本当に可愛い女だな、おまえは」

喉を鳴らして笑って、グランヴィルが舌を出した。その表情が悪戯な少年のように無邪気で、怒るより先にクリスは見惚《みと》れてしまった。クリスが両耳を守るように塞《ふさ》ぐと、グランヴィルはクリスを優しく解放した。

「おまえの膝を借りてもいいか？　でないと、おまえの気持ちを考える余裕がなくなりそうだ。少しでも気を抜くと、俺は、愛する女を自分のものにするのに、理由など要らないと思ってしまう」

そう言って、グランヴィルはクリスの丸い膝に頭を預けた。そして、その美しく燃えるフレイム・レッドの瞳を瞼《まぶた》の下に隠した。

秘密の宝珠《ほうじゅ》を隠されてしまったような不思議な失望を覚えながらも、今なら見つめていることも知られまいと、クリスはグランヴィルの冷たく整った美しい相貌《そうぼう》を心ゆくまで眺めた。

眠ってしまったのかと思って、クリスはさっき口に出そうとして飲み込んだ言葉を、つい呟いた。

「……グランヴィル様が知らないだけで、この華麗なる千年王国プリ・ティス・フォティアス王国には、悪魔の妻と称されようとすべてを投げ出してあなたの妻となりたがる女で溢れてますよ」

するとさっきまで彫刻のように動かなかったグランヴィルの薄い唇が、赤い舌を見せてすっと開いた。

「その中に、おまえは含まれているか？」

「わっ……！　お、起きてたんですか。グランヴィル様も人が悪い……。含まれてませんよ、あたしは誰とも結婚する気はありません。こんなまん丸な年上の女をわざわざ選ばずとも、あなたを愛する女はいくらでもいると言いたいのです」

「丸いというのは、ここのことか？」

そう言うと、グランヴィルはクリスのお腹《なか》の肉を摘《つま》んだ。

「ちょ、ちょっと……！　いきなり人の腹肉を摘みますっ!?」

「だが、触り心地がいいこの肉を、俺はこの世のなにより愛しく感じるのだ。今まで女に価値を覚えたことはなかったが、おまえだけは別だ。誰よりも強く賢く見えるのに、こういう反応もあどけなくて可愛いしな」

腹肉を摑まれた仕返しに、クリスはグランヴィルにこう言ってみた。

「……あどけないだなんて、少女を表現するようにおっしゃいますが、あたしはその正反対の女です。あたし、もう三十ですよ。あとで騙《だま》されたとおっしゃられても困りますので今申し上げておきますが、男性経験も豊富にあります。ええと……、両手足の指くらいだったかしら」

先ほどの失敗を生かして、台詞も微妙に変えてみた。人生、トライ・アンド・エラーの連続である。

するとと、グランヴィルは眉をひそめ、クリスの瞳をフレイム・レッドの瞳で見上げた。

「なんだ、その申告は。その二十人を、今すぐ俺に殺してきてほしいのか？」

「……謹《つつし》んで発言を訂正いたします。ごめんなさい。あたしが悪かったです」

即座にクリスが謝ると、グランヴィルが起き上がって真剣な顔をした。

「笑って聞き流してやりたいところだが、真実はどこにある？　これまでに愛した男はいたのか？　過去が岩だろうと、おまえのすべてを知りたい。できれば、勝手に調べるようなことはしたくない。だから、おまえの口から教えてくれ」

「い、いえ、あの、し、真実というほどのことはどこにもありませんから、そんなに興味を持たないでくださいっ。ていうか、乱暴な真似《まね》をしたら、いくら温厚なこのあたしだって本気で怒りますからねっ……!?」

クリスが大慌てでそう言うと、むすっとしながらも、グランヴィルは質問の手を緩めた。

「……そうか。いや、俺が悪いな。十六年前のあの夜におまえと出逢っていたのに、自ら奪いにいくことをしなかったのだから。今、こうしてそばにいられることを幸せに思わねばなるまいな」

そう言うと、グランヴィルはまた目を伏せ、クリスの膝に頭を預けた。なにかを堪《こら》えているのか、先ほどとは違い、眉間に深い皺が刻まれている。クリスはため息をついて、無言でその皺を指先で揉《も》んで解《ほぐ》してやった。

「もう……」

＊＊＊

グランヴィルの腕に抱かれて健全極まりない遠乗りデートから西の塔へ帰ると、そこには不機嫌な顔をしているジュリアスが待っていた。

「……ずいぶん遅かったね。こんなに長い時間その退屈な男に拘束《こうそく》されては、さぞうんざりしていることだろう。おいで、クリスティアナ。僕と一緒にディナーを食べよう」

「悪いことは言わない、クリスティアナ。ディナーなら俺と食え。兄上と夜をすごしたりしたら、また不快な思いをすることになる。案ずるな。おまえのことは、俺が命に代えても守る」

すぐにも兄にそう応戦し、グランヴィルはクリスを抱く手を強めた。怒りにアイス・ブルーの瞳を鋭く光らせ、ジュリアスが近づいてくる。

「その手を離せ。彼女は嫌がっている」

「嫌がっているのは、兄上がそこにいるからです。彼女に無理強《じ》いはさせません」

なにやら本気で火花を散らし合っているように見える二人の王子に、クリスは焦った。そして、声を上げようと口を開く。大声を上げるなんて、骨董姫と呼ばれるようになってからは久しくなかったことだ。なのに、最近声を上げてばかりな気がする。

「あのっ、やめてくださいっ！　お二人とも、さっさとご自分の居館に帰ってくださいよ。あたし、今夜のディナーは一人で食べるって十年前から決めてたんです」

　無茶苦茶な理屈を並べて、クリスは言った。

「こんなことで喧嘩《けんか》しないでくださいっ。あたし、意味のない喧嘩をする人は嫌いですっ」

　すると、脇に控えてニヤニヤしている侍女が、口をパクパクと動かした。

（嘘つきぃ。意味のない喧嘩はクリスお嬢様のお得意とするところじゃないですか。ちなみにクリスお嬢様がお持ちの大変えげつない必殺技は、山のような金貨でほっぺたペチペチからの直属精鋭兵競演による剣技での恫喝《どうかつ》に、なぜか効いちゃう当て身の猫パンチ……）

　侍女の声なき茶々を無視して、クリスは続けた。

「と、とにかく、喧嘩はお止めくださいっ。理解していただかなくても結構ですが、穏やかに楽しいことだけ考えて生きていたいというのがあたしの信条なんですっ」

「なら、この世のなにより楽しいことを僕が教えてあげようか？　――過去に何人の男と関係していてもかまわない。全部僕が今夜忘れさせてあげるよ」

「なにをおっしゃいますか。その役目を果たすのはこの俺です、兄上」

「なっ……、なっ……」

　二人の王子が口にした内容に、クリスは目を剝《む》いた。そして、慌ててこう抗議した。

「お、お二人とも、あたし、本当に怒りますよっ!?」

「怒ってもいい。だけど、僕はやっぱり見逃すことができそうにない。きみが過去に付き合った男たちの名前はわかっているよ、クリスティアナ。ジョンとマイクとボブに、アントニーにチャールズにポールにコナンにディランにガブリエル以外だ。そうだろう？」

「はっ……!?」

ジュリアスの言葉に、クリスは目を瞬《またた》いた。ジュリアスは、驚いているクリスをちらりと見てこう言った。

「優しいきみが、昔の男の本当の名前を僕に言うわけがない。だから、きみの告白になかった名前の男が、純真なきみをたぶらかした連中だ。愛する人のことだからね。このくらいの推理はできる」

「なるほど。その名前は、俺も覚えておきましょう」

ジュリアスの漏《も》らした情報に、彼と喧嘩をしているはずのグランヴィルもあっさりと乗る。

クリスは、声を失った。

「……っ!!」

こんな時にばかり、息がピタリと揃う双子王子である。掟《ルール》なんぞ決めていないが、反則だと責任者に訴えたいとクリスは思った。しかし、責任者なんかいないのである。この馬鹿げた求婚劇には。

けれど、そんなクリスを余所《よそ》に、双子王子はさらに苛烈《かれつ》にらみ合った。

「それにしても、兄上は本当に軽薄《けいはく》な男ですね。恐れながらご指摘させていただければ、あなたの過去の経験人数はクリスティアナの十倍はくだらないでしょう。午後の間中ずっと気にしてわざわざそこで待っていたあなたを思うと、可笑《おか》しくて笑いが止まりませんよ」

「おまえだって気になって仕方がないくせに、ちっとも笑っていない顔でよく言う。それに、五十歩百歩な指摘だね。確かに僕には遠く及ばないが、おまえだってクリスティアナの何倍も女遍歴があるだろう。生まれた時からクリスティアナに無垢なる愛を誓っていたわけじゃない」

「あなたにだけは言われたくありませんね。兄上と違って、俺は今まで女に嘘をついて愛を囁いたことは一度もありませんから。だいたい、ずいぶん女の趣味が変わったではありませんか。兄上は、もっと華奢《きゃしゃ》で気の弱そうな女が好きだと思っておりましたが」

「そう言うおまえは、昔から胸の大きな気の強い女が大好きだったね。そんな女どもの中に僕のクリスティアナを並列させようというのが許せない。クリスティアナの魅力は、僕だけが知っている。おまえのような青二才に、彼女の真の魅力がわかるわけがない」

止《と》め処《ど》なく続く熱く冷たくそしてくだらない兄弟喧嘩に、クリスはついに叫び声を上げた。

「もうあたしは寝るんですっ!!　二人とも、さっさとあたしを寝かせてくださいったら――！」

やっとのことで二人の美しい王子を追い返すと、クリスはぐったりとベッドに倒れ込んだ。

「いやあ、とんだ展開になってきましたねえ。王子様方、日を追うごとにクリスお嬢様の珍妙な魅力に夢中になってってるじゃないですか。どうです？　この世でもっとも魅力的な男の一位と二位から存分に愛されてるお気持ちは」

ケタケタと、可愛い侍女が主《あるじ》の不幸を笑う。その耳によく馴染む笑い声すらも、今のクリスを明るくしてくれそうになかった。

「……愛されてるなんて、そんなこと本気で思ってるの？　ステファニーちゃん」

「へ？　あらら、またそんな嘘をおっしゃらなくても。クリスお嬢様だって、お二人の真剣なご好意にはとっくに気がついてるくせに」

「うるさいわね。だから、あの二人に真剣な好意なんてあり得ないって言ってるじゃない。ただ、あたしを梃子《てこ》に使って王位を蹴《け》りたいだけよ」

クリスは、唇を蛸《たこ》みたいに尖らせてさらにこう続けた。

「あたしみたいな善良につましく生きてる独身公爵令嬢を勝手に巻き込んで、いい迷惑なのよ。だいたい、あいつら言ってたじゃない。華奢がいいとか、胸が大きいのがいいとか……。本当に男って、みんな揃いも揃って馬っ鹿みたい」

「……。ほーお……？」

どこか感心したようにステファニーがそう呟いて、クリスのそばにずいずいと近寄ってきた。そして、クリスの眉間に刻まれた皺の本数をこれ見よがしに数え始める。

「一本、二本、三本……。あらあらまあ、これは大変。そんなに難しいお顔をして、まるで思春期の他愛ない乙女《おとめ》のようなことをおっしゃって……」

世にもめずらしいものを見たかのような顔で妖女のようにニタリと笑い、ステファニーはクリスの不機嫌顔をじろじろと眺めた。

「……なによ？」

「いいえ、なんだか無性に楽しくなってまいりまして。これは、今後の展開も手に汗握ること間違いなしですねえ。期待大です」

「あなたは他人事《ひとごと》だから暢気《のんき》でいいわね」

「ええ、わたし、他人の不幸が三度の飯より大好きなものでして。特にクリスお嬢様が面白い状況で追い詰められていく姿なんか最高の大好物で涎《よだれ》が止まりません。……どうです？　あなたの忠実なる下僕《げぼく》にして恋と美容道の達人でもあるこのわたしが、もう一度『七日間で胸を残して劇的に痩《や》せる！　奇跡の痩身術《そうしんじゅつ》』でもお教えいたしましょうか？　以前に教えて差し上げた時は、ほとんどあなたに無視されましたが」

「要らないわ。あの時と今のあたしに、寸分の違いも生じてないもの。とにかく今は、放っといて」

ぶすっとした可愛げのかけらもないむくれっ面でそう言うと、クリスはすぐに寝具《しんぐ》に包《くる》まった。無性にあの公爵城に置いてきた特注極上寝具が恋しかった。けれど、公爵城に一人で戻った自分を想像すると、なぜだか胸に大きな穴がぽっかりと空いて果てしなくなにかが物足りなく思えて――。それを気のせいと断じ、クリスはさっさと眠りにつくことにした。

クリスが酒の神ディオニュソスを称えるのを忘れた晩は、十数年振りであった。

＊＊＊

クリスが眠り込んだあとで、ステファニーはその寝息を聞きながら、ニヤニヤと笑った。

(今のところ、どちらの王子様がリードしているのでしょうかねえ……)

色気たっぷりで誰からも愛され、しかし愛されすぎるのを恐れている策略家の神に愛された王子？　それとも、恐ろしい冷酷な仮面の下に、孤独と優しさを隠し持つ悪魔に魅入られた王子だろうか？

二人の煌びやかな王子がクリスを取り合う姿を想像するうちに、ステファニーの妄想《もうそう》はどんどんあらぬ方向へころころ転じていった。

(なんだか絵面に違和感があるんですよねえ。まるで一幅《いっぷく》の絵画のような美しさに、無粋《ぶすい》な水を差しているものがあるようなないような。……あっ、そっか。クリスお嬢様が邪魔《じゃま》なんだ。では、クリスお嬢様を取り除いてみると……？)

妄想から主人を蹴飛ばして追い出してみると、今度はステファニーの脳内で、麗しい双子王子がくんずほぐれつ上になったり下になったり深々と激しく舌を絡め合ったりしだした。

（……ああんっ、もうっ、最高じゃないですか。あの二人の王子様、どちらが上でもイケますねっ。さすがはこの上なきご身分のお方々、有能すぎます！）

勝手に身悶《みもだ》えして、さらにはその妄想にステファニーは自分も一枚噛《か》ませ始めたのだった。

第五章　骨董姫の大脱出計画

Cinderella doesn't need Glass Slippers!

翌朝早々、クリスは可愛《かわい》い侍女《じじょ》にゆさゆさと体を揺すぶられた。

「起きてください、クリスお嬢様！　大変な事態が起きたんですよ」

「んん……？　また王子が来たの……？　夕暮れからならともかく、せめて日があるうちは好きに寝かせてって伝えといてよ。ステファニーちゃん」

「そんな生易《なまやさ》しいことでしたら、こうしてあなたの憎む朝陽《あさひ》の中で無理やり起こしたりはしませんよ。ほら、目を開けて」

「これ以上事態なんか悪化しようもないっての……。今日一日くらいベッドの中で眠りこけたって罰《ばち》は当たらないわよ」

「でもねえ。なんとしたことか、さらに事態が悪化しちゃったんですよ。勅命《ちょくめい》でございます――間違いなく、プルーリオン公爵《こうしゃく》家ご令嬢のクリスティアナ姫ご本人へ手渡せとの仰《おお》せです。ほら、このお手紙」

「へ……？」

　クリスが寝ぼけ眼《まなこ》をこすると、ステファニーの姿が見えた。その手に、プリ・ティス・フォティアス王国の紋章《もんしよう》を刻んだ封蠟《ふうろう》の押された手紙を載せたレタートレイが、恭《うやうや》しく掲《かか》げられている。

「なによ、それ」

「だから勅命でございます」

「勅命……。……って、あの国王陛下《へいか》から？」

「仰せの通りでございます。あの国王陛下です」

「っ……!!」

　真《ま》っ青《さお》になって目を見開いて、クリスは跳ね起きた。

　そして、震える手でステファニーからトレイをふんだくり、おそるおそる手紙の封を切る。

「……あわわ、本当に陛下からのお手紙よ。今夜、この氷炎王城《ひえんおうじよう》で招宴《しようえん》を開いてくださるらしいわ……」

　ごぼごぼと白い泡を口から吹きそうになりながら、クリスは白目を剝《む》いてそう手紙の主旨《しゆし》を侍女に知らせた。

「おお、パーティーですね？　わたし、パーティー大好きなんです。特に、ド派手で煌《きら》びやかで妖《あや》しげだったりすると、もう最高です」

「大賭博場《カジノ》みたいに仮面をつけることが許されるなら、替え玉をぶっ込む隙《すき》もできそうなもんだけど……。……いや、無理だわ。趣向は仮面舞踏会じゃないし、そもそも今回の主賓《しゅひん》……」

「あらあらまああ。プルーリオン公爵家ご令嬢のクリスティアナ姫になっておりますわね。一応、お父君の名代ということになっておりますけれど。王子妃候補のクリスお嬢様を、国王陛下自《みずか》らおもてなしくださるおつもりなんでしょうか。それとも……」

「……陛下は、あたしの存在なんか、とっくに忘れてると思ってたんだけど」

絶望的な表情で、クリスが呟《つぶや》いた。同情したような目で、ステファニーがクリスを見てくる。

「……確か、クリスお嬢様は国王陛下ともなにかひと悶着《もんちゃく》おありなんでしたよね？」

「遙《はる》か昔の話よ。華麗《かれい》なる千年王国プリ・ティス・フォティアス王国の一粒真珠《しんじゅ》と呼ばれていた頃のこと……」

「クリスお嬢様の前世《ぜんせ》のお話ですね」

「それ、頓知《ウィット》に聞こえないわ。本当にそんな感じよ」

クリスは、遠い目をして、今まさに昇天せんとする自分の魂《たましい》を必死に押し留めた。

「……公《おおやけ》にはなっていないけれど、国王陛下は、お父様と同時期にお母様に恋をされて、結局お母様ではなく王位をお選びになった過去をお持ちなのよ。だから、お母様の面影《おもかげ》を残すあたしを見てよほどお喜びになったのか、何度か……」

「王妃様がご存命のうちから、公妾《こうしょう》にならないかと粉をかけられてたってわけですね。まあ、娘でもおかしくない年端もいかない少女を捕まえて、酷《むご》い話です。息子であらせられる世にも麗《うるわ》しい王子様方のが、数万倍はまともですね。さてさて、困った大問題ですねえ。今の変貌《へんぼう》したクリスお嬢様を見て、国王陛下がお心変わりしてくだされぱいいのですが……。陛下のお気持ち次第では、王子様方どちらかのお袖《そで》にすがる他ないんじゃないですか？　クリスお嬢様も、オッサンよりは若い方がいくらかいいでしょう」

「う、ううう……」

クリスは、やっと少しずつ肌に馴染《なじ》んできた寝具《しんぐ》に頭をぎゅうっとうずめた。このまま、地中の底まで埋まってそこで陽気な精霊さんたちと出会って一緒に愉快《ゆかい》で怠惰《たいだ》な地底帝国を築きたいと切に願った。しかし、当然のことながら、そんな奇跡は起きてはくれなかった。

「行動的かつ有能な王子様お二人と寡《やもめ》の国王陛下にこんなにも求められて、華麗なる千年王国プリ・ティス・フォティアス王国中の女があなた様を羨《うらや》んでおりますでしょうよ」

「そして呪《のろ》っているんでしょうね……」

ちっとも嬉《うれ》しくないし、羨ましい状況でもなんでもないのに。クリスは、大きすぎるため息をついた。そんなクリスに、侍女がさらにこう言い募った。

「実はですね、もう一件報告があるんです。まあ、こっちはたいしたことないんですけどね」

「え……？」

追い討ちをかけるように、ステファニーはさらにもう一通の手紙を懐《ふところ》から取り出すと、勝手に概要《がいよう》を読み上げ始めた。

「公爵城に残っている同輩や兵士たちから、わたし宛《あて》に手紙が来たんですよ。ええと、数が多いので一部抜粋《ダイジェスト》で読み上げますね。──『クリスお嬢様が未来の王子妃と決まり、本当に嬉しく思います』。『ステファニー殿に至りましては、絶対に、絶っっっ……対に、クリスお嬢様が独身のまま公爵城に戻ることがなきよう、強くお力添えを願います』。『クリスお嬢様の産声《うぶごえ》を聞いてから早三十年。どれだけこの日を待ったことか』。『めでたや。おめでたさの上にもめでたや！　我々一同、涙が止まりません。やっと、やっと、本当にやっとのことで、クリスお嬢様の理不尽な我が侭《まま》から解放されるんですから……』、エトセトラ、エトセトラ。……といった具合です」

「……」

公爵城で、誰も彼もが泣きながらクリスの嫁入りを喜んでいる様子が目に浮かんだ。あらゆる角度からの祝福に、クリスはめまいがしそうになった。

「よかったですわねえ。これまで骨董姫《ミス・アンタッチャブル》として面白我が侭人生を送られてきた集大成が今、目の前に大きな実を結んでおります。たとえ無事に氷炎王城から逃げ落ちたとしても、公爵城の者たちは王子様方や国王陛下の侵攻を命を張って拒《こば》んでくれそうにありませんよ」

「う、うるさいわね……」

とんだ追い打ちである。

こうなってはもう、事情を知らない遠隔地《えんかく》から金で傭兵《ようへい》でも募ってくるしかあるまいか。しかし、氷炎王城からの使者を傭兵によって阻止《そし》したら最後、それこそ本当の国賊《こくぞく》になってしまう。骨董姫の道行きは、見事に袋小路なのであった。

しばらく黙り込んでいたクリスだが、ようやく腹が決まってパッと顔を上げた。

「……いいこと思いついたわ。ステファニーちゃん、あなた、パーティー好きなのよね？」

「ええ、大好きですよぉ。それがなにか……？」

無邪気に首を傾《かし》げたステファニーの両手をガシッと握り、クリスはこう言った。

「いつもあたしのために献身《けんしん》的に働いてくれているあなたを慰労《いろう》したいと思うの。ステファニーちゃん、あなたを国王陛下主催《しゅさい》の招宴に一緒に連れてったげる」

「は、はあ……？」

きょとんとしているステファニーに、こくこくと何度もクリスは頷《うなず》きかけたのだった。

夜の招宴の準備のためと言い張って王子たちの訪問を押し返そうと思っていたクリスだったが、今日に限って不気味にもジュリアスとグランヴィルの襲撃《しゅうげき》はなかった。

その分気がかりはひとつ減ったが、所詮《しょせん》は籠《かご》の鳥である。西の塔の内部は、まるで反逆者でも虜囚《りょしゅう》としているがごとく厳重な警備体制が敷かれている。

「時間がないわ、さっさと動かなくちゃね。――ステファニーちゃん、見張りに立っているのは暁《あかつき》と夜更け、どっち？」

「今控えているのは、暁のようですが」

「わかったわ。じゃ、ちょっと呼んできて」

——やがて、姫のように美しい青年貴族が現れ、無表情にクリスを眺《なが》めた。きっとその内心では、クリスを、憎んでも憎み足りないとでも思っているのだろう。クリスは肩をすくめ、性悪年増令嬢になり切って立ち上がった。そして、おもむろに口を開く。

「おまえ、ジュリアス殿下の臣下だな。であれば、わたくしの問いに正直に答えよ。ジュリアス殿下に、忠誠を誓っているのか？」

「……」

青年貴族は、これ見よがしなため息をついて首を振った。

「……わかり切ったことをおっしゃらないでください、クリスティアナ姫様。あなたとは無用な口をきくなとのジュリアス様のご命令でございます。どうぞ、そのお口を閉ざしてください」

呆《あき》れたようなその返答を、クリスは鼻先でせせら笑った。

「若造が一人前の口をきくが、笑わせるな。どこの貴族かは知らないが、我が公爵家より家名が上ということはあり得まい。ジュリアス殿下がここにおられない以上、わたくしの命令を聞くのがおまえの道理であろう」

「……なんだと？」

あからさまに青年の爵位を誇るクリスの言い振りに、彼は大いに眉をひそめた。そして、服従の仮面を脱ぎ去ると、激昂《げっこう》と軽蔑《けいべつ》に満ちた目でクリスをにらんだ。

「華麗なる千年王国プリ・ティス・フォティアス王国一の痴《し》れ者《もの》公爵の名を氷炎王城で振りかざして道理を説くとは、娘も父親に劣《おと》らぬ愚《おろ》か者だな。おまえの言動はジュリアス様へ報告するぞ」

「愚か者はおまえだ。おまえが本当にジュリアス殿下に忠誠を誓うのならば、ジュリアス殿下のご命令より優先すべきことがあるとわかるであろう。ジュリアス殿下がプルーリオン公爵家の姫とご結婚すべきと、本当に思うのか？」

「それは……」

「おまえが今なすべきことをよく考えろ。……答えはもう出たな？　では、おまえの命に代えてもわたくしの命令を聞け」

「……？」

訝《いぶか》る青年騎士に、クリスはひそひそとあることを耳打ちした。

「な、なに……？　そのようなことを、この私に？　だが、外には夜更けの騎士団が見張っているぞ」

「であろうな。だが、今はこの華麗なる千年王国プリ・ティス・フォティアス王国の危急であるぞ。暁と夜更けを交わらせる程度の奇跡を起こさずしてどうする」

「……！」

「わかったら、さあ、さっさと行け」

そう命ずると、クリスは口を閉じた。

暁の騎士団の青年貴族が風のように去ったあとで、ステファニーが舌を巻いたようにこう言った。

「……お見事。クリスお嬢様って、本当に悪役が板についていますね。まさに悪の女王って感じでしたわ。あなたの正体が怠惰な骨董姫と知っているわたしでも、思わず平伏《ひれふ》してしまいそうになりましたよ。どんなに腐っても肥えても年古《ふ》りても、あなたは至高の公爵家ただお一人のご令嬢なのですねえ」

「……別に、たいしたことじゃないわ。あの若者もまた、華麗なる千年王国プリ・ティス・フォティアス王国貴族の血流に連綿と続く鎖《くさり》と足枷《かせ》に縛られているというだけよ」

むすっと唇《くちびる》を尖《とが》らせて、クリスは口を閉じた。

クリスが『王子のどちらとも結婚しない』とひと言口にしただけで、氷炎王城に仕える者たちはすべて味方になった。それだけ、双子王子とクリスの成婚が嫌がられているということだろう。

細工は流々、あとは計画通りに招宴が滅茶苦茶になってくれることを祈るばかりである。

＊＊＊

その晩はよく晴れ、星降るような夜空が氷炎王城を包んでいた。プリ・ティス・フォティアス王国は豊かな水に恵まれた国だ。氷炎王城をめぐる庭園には清らかな水を湛《たた》えた噴水《ふんすい》や池、小川が溢《あふ》れ、キャンドルや松明《たいまつ》に輝くさまざまな美しい炎が水面に揺れていた。

日が落ちると同時に夜空を彩る色《いろど》鮮《あざ》やかな花火が打ち上げられ、夕闇《ゆうやみ》に溶け込むような空には、プリ・ティス・フォティアス王国を守護する氷炎神鳥《アイス・フレイム・バード》の眷属《けんぞく》が自由に飛び交っていた。精霊たちのささやかな歌声が、どこからか聞こえてくるようだった。

クリスは、今、西の塔からそっと招宴の開かれている大広間へ向かうところであった。そばには、いつものようにステファニーがいる。——……いや、今夜のステファニーは、いつもの食えない侍女ではなかった。クリスは思わず肩をすくめた。

「……あなた誰？　って言いたくなる変貌振りね」

「だから、仮面舞踏会は大好きだと言ったでしょう。クリスお嬢様。仮面だけでなく仮装もするのが、わたしの流儀ですがね。さあて——、急ぎますか。男の格好をしているとむずむずと変な気を起こしたくなってくるのでね」

その言葉通り、男の姿となったステファニー——あらため、ス、ステ、ステファ、ステファンは、西の塔から十字回廊《かいろう》へ向かうクリスの手を取った。

栗色《ブルネット》の髪を今夜はうしろでひとつに束ね、よく日に焼けた肌と灰褐色《はいかっしょく》の瞳《ひとみ》が、星月夜《ほしづきよ》の柔らかな光に映えていた。今夜のステファンは、まるで遙か東南にある白亜《はくあ》の王宮に住む異国の王子のようだった。

「あの名も知らない暁の騎士団の青年貴族、全身白の最正装なんてよく用意しましたね。目立つことは請け合いですし、わたしの体型にはピッタリですが」

「では、今は立派な三段腹をお持ちのお父様も、昔は痩《や》せていたのね。それ、お父様の若い頃のよ。あの坊やに言って早馬を走らせて、公爵城から取り寄せたの」

「とすると、クリスお嬢様のお召し物はお母君の若い頃のご衣装ですか。そちらのサイズは、ピッタリとは言いがたいようですが」

ステファンの指摘した通りである。

クリスが今夜のために選んだ衣装は、クリスの母がまだ庶民《しょみん》として暮らしていた頃の普段着である。よく着込まれた洗いざらしの麻《あさ》のエプロンドレスに、髪はうしろで引っ詰めにまとめたのみだし、足元はこれまた麻の履きやすさと丈夫さのみを追求した靴《くつ》である。

質素なエプロンドレスはあまり伸縮《しんしゅく》性がなく、クリスのぽっこりお腹《なか》を包んで、今にも生地が悲鳴を上げてはち切れそうな勢いだ。ちなみにすでに釦《ボタン》はいくつか飛んで、ステファンが強引に縫《ぬ》い直してくれた。

もろもろの事情を知るステファンの突っ込みに、クリスは肩をすくめた。

「当たり前でしょ。お母様は、その美貌のみでお父様を籠絡《ろうらく》した傾国《けいこく》の美女なのよ。そのお母様がお父様と出逢《であ》った頃の衣装が、この体に合うわけないじゃない」

「華麗なる千年王国プリ・ティス・フォティアス王国史に残る隠された醜聞《しゅうぶん》をピンポイントで突く、華麗なる喧嘩《けんか》上等のこのご計画。さすがはわたしが見込んだ骨董姫様です」

「当然よ。家格では王室に我がプルーリオン公爵家は一歩劣るけど、それでも文句を言わせない程度の権勢と財力は今も有しているわ。絶対に死刑はあり得ない。この趣向が気に入らないなら、あたしをとっとと追い出せばいいのよ」

つんと丸い顎《あご》を反《そ》らし、みすぼらしさ全開になっているクリスは虚勢を張った。

巷《ちまた》で大流行している戯曲《ぎきょく》シンデレラでは、主役《ヒロイン》は不思議な魔法で出したガラスの靴と眩《まばゆ》いドレスで氷炎王城に向かうことになっているが、事実は小説より奇なり。クリスの母シャーロットは、一度もドレスなど身に着けずに、父および現国王セオドアを骨抜きにしたのであった。

「ガラスの靴は、不可能性――つまりは魔法の象徴《しょうちょう》ですものね。あの戯曲作者はやっぱりセンスがあります。魔法が奇跡を起こす対象に選んだシンデレラは、王族の花嫁に相応《ふさわ》しいと暗に述《の》べているのですから。……ともかくまあ、戯曲通りにガラスの靴なんか用意しても、か細いヒールがクリスお嬢様の自重を受け止めているその身の切なさに涙ちょちょ切れそうになりますもんね。真実に沿った今夜《エスコート》のその粗末《そまつ》なお靴は丈夫そうで、ほっとひと安心です」

「……あなたはあたしの愛人役でしょ。今夜ばかりは軽口を控えて、役に徹しなさい」

「わかっておりますとも。軽口はやめませんが、わたしはあなたのご命令を聞くのが大好きですから」

「そう、……まあいいわ。さあ、行くわよ。ステファン君」

庶民の仮装をしたクリスは、ステファンとともに氷炎王城へと踏み込んだ――いや、殴り込みをかけた。


氷炎王城に仕えている身分の上下を問わないあらゆる者たちが、赤くなったり青くなったり、さらには紫になったりする中、クリスは『謎の愛人』ステファンとともに招宴の開かれている主塔の大広間へと向かった。

氷炎王城の大広間は、すべての壁が大判の一枚鏡で飾られている。通称、『鏡の間』である。

鏡の間の中は、まるで無限に空間が広がっているかのような煌《きら》びやかさであった。無数のシャンデリアが大広間全体を照らし、中で踊る着飾った貴族たちを夢のように美しく輝かせている。

クリスたちが鏡の間に足を踏み入れた瞬間は、さすがに見物であった。

「な、なんだ、あの物体は……!?」

「あれって、人なのですか？　それとも珍獣？　もしかしてこれは、陛下の今夜の変わった趣向なのでしょうか??」

「あの異国風の男は、サーカスかなにかの道化か!?」

響き渡る阿鼻叫喚《あびきょうかん》にも似た怒号、動揺、そして……、静寂《せいじゃく》。

やがて、誰もが、ステファンが連れている謎の珍獣が、プルーリオン公爵家の骨董姫ことクリス嬢であることに気がついた。

国王自らが主賓として悪名高い変わり者の骨董姫を氷炎王城に招いたにもかかわらず、クリスは、仮装のような奇態——としか庶民の服装を見慣れない貴族たちには思えない——をしていた。化粧ひとつ、髪結いひとつせずに、麻の古着を身につけてきたのだ。

呆気《あっけ》に取られているお歴々を尻目《しりめ》に、クリスはステファンと一緒に鏡の間のド真ん中に進み出ると、優雅に円舞曲《ワルツ》を踊り出した。もちろん、楽師たちの演奏なんてとっくに止まっているから、音楽は二人の頭の中にのみ流れている。

「ああ、なんて素敵な夜なんでしょう。誰も彼もがあなたに見惚《みと》れておりますね、クリスお嬢様。望むと望まないとにかかわらず、あなたはどこへ行っても誰からも視線を集めてしまうお方。国王陛下の御前におきましてもそれは変わらないようで、なによりです」

「見惚れるという言葉の定義が問われる発言ね。まあ、これで陛下のご不興を買えればなによりよ」

「華麗なる千年王国プリ・ティス・フォティアス王国の国王陛下がご経験なさったたったひとつの挫折《ざせつ》と思われる過去の大失恋の傷口をぐりぐりこじ開けて塩　胡　椒《ソルト・アンド・ペッパー》を塗り込まんとする

鬼畜《きちく》も逃げ出すようなあなたの作戦、恐れ入りましたよ。面白くて奇想天外でやりたい放題なあなたからは、本当に目が離せませんね。わたしは、出逢ったあの日からあなたのことで頭がいっぱいですよ。もう夢中です。この瞳には、あなたしか映りません」

くすくすと笑いながら、いつもとは違う掠《かす》れたような低い声でステファンはそう囁《ささや》いた。

ステファンのリードは完璧《かんぺき》で、クリスはなにも考えなくても円舞曲のステップを踏むことができた。黄金《おうごん》と漆黒《しっこく》の王子の姿が視界の端にも見えないことに少し戸惑《とまど》ったが、クリスは気にしないことにした。華奢《きゃしゃ》で気弱で胸が大きくて気が強い美女たちに大層愛されているらしい王子たちのことだから、今夜を迎える前にとっとと気が変わったのかもしれない。だったら、万々歳《ばんばんざい》ではないか。

誰も止めに来ないのをいいことに、鏡の間の中央で、クリスとステファンは踊り続けた。タンゴ、クイックステップ、ウィンナーワルツ……。

「なんだか楽しくなってきちゃったわ、あたし」

「そうですか？　どうもわたしの目には、今のあなたが強がりを言ってるように見えてなりませんが」

「気のせいよ。四歳も年下の若造のことを、このあたしが気にするはずないじゃない」

「あなたが誰かを気にしてる、なんて指摘はしておりませんよ。わたしは」

「……」

むすっとして、クリスは口をつぐんだ。突っ込みの切れ味に関しては、この侍女——ならぬ、従者のステファンには敵《かな》わないのだ。

「そんな顔をしてるあなたもわたしは大好きですよ。クリスお嬢様」

「そんなこと、あたしもとっくに知ってるわよ。ステファン君」

「今夜の場合はあなたの知らないダブル・ミーニングを仕掛けてるんですがね。……まあいいか。だからわたしは、あなたが愛《いと》しいんです」

「あたしだってあなたが好きよ」

「おやおや、身も心も蕩《とろ》けるようなお言葉をくださることで。今のお言葉、一生覚えておきますね」

二人は、注目の中でひたすらに踊り続けた。


延々とステファンと踊り続けていたクリスだったが、やがて、国王陛下から直々《じきじき》にお呼び出しがかかった。

「——お一人で大丈夫ですか?」

「あなたは来ないで。そう案じずとも大丈夫よ、あたしはプルーリオン公爵の名代で来ているんだから。お小言がお有りなら拝聴する耳くらいは持つつもりよ」

めずらしく真面目《まじめ》に心配しているステファンを置いて、クリスは鏡の間で最もみすぼらしい服を着て優雅に歩いた。いつだって、こうして戦う時は自分一人だ。それは、クリスだけではなく、きっとこの世の誰でもそうなのであろう。

そう思って、クリスは、プリ・ティス・フォティアス王国の国王陛下――セオドアの御前に、恭《うやうや》しく会釈《えしやく》をした。

「ご無沙汰《ぶさた》しておりますわ、国王陛下。プルーリオン公爵アダルバードの娘、クリスティアナでございます。今夜はわたくしのような者を主賓としてお招きくださり、このように素晴らしい招宴で歓待していただきまして、祝着至極に存じますわ」

着古しの麻のエプロンドレスにぽっちゃりボディを包み、会釈の下に隠した顔でクリスはほくそ笑んだ。国王が、クリスを見つめている。見つめている。見つめている……。

（……な、長くない？）

クリスは、会釈をしたまま、眉をひそめた。

かつて国王に愛人やら後妻やらと声をかけられたのは、まだクリスが美貌と若さを誇《ほこ》るプリ・ティス・フォティアス王国の比類なき一粒真珠と呼ばれていた時代である。その後、骨董姫と化したクリスの容貌の変化は国中あまねく伝わっているはずだし、国王セオドアが知らないはずはない。それでも、今夜実物を目にした彼の衝撃は計り知れないだろう。

その上これだけの無礼を働いたのだから、

『さっさと出ていけ！　そしてもう二度と顔を見せるな‼』

そういった感じの叱責《しっせき》か怒号か悲鳴かが、そろそろ頭上へ降ってきてもいい頃合いである。

そもそも、クリスの今日の姿態の是非《ぜひ》なんか、間近でじっくり観察しなくてもわかりそうなものだが……。

そのやたらと気の長い国王セオドアが、やっとその重い口を開いた。

「……久しいな、シャーロット」

「！」

セオドアは、確かに母の名前を呼んだ。

はっとしてクリスが目を上げると、国王セオドアと視線が絡《から》んだ。

驚くまいと思っていたが――、気がつけばクリスは目を見開いていた。

ジュリアスを思わせる金糸の輝く髪、グランヴィルに似た燃え上がるフレイム・レッドの瞳。

クリスの夜だけ嗜《たしな》むそれとは違う、長年の酒への信仰《しんこう》によってディオニュソスに骨の髄《ずい》までしゃぶり尽くされている、苦しげな顔。確かまだ御年四十二歳ばかりであったはずなのに、どこか老人めいて見えるような陰鬱《いんうつ》さがあり、それでいて子供のように幼い。

鋭い眼光を閃《ひらめ》かせ、唇には優雅な甘い笑みを湛えた国王セオドアが、麗しい玉座に座っていた。

「……いや、そなたはクリスティアナか。噂《うわさ》通り、ずいぶん醜《みにく》くぶくぶくと太ったものだな。

あの頃の美貌が、見る影もなく崩《くず》れている。時の流れは残酷だな。そなたの母も、今はそのような姿になっているのか？」

そう言って無邪気に笑い、セオドアは目を細めた。どこか無気力で間が抜けて、ふやけたような生温《なまぬる》さが、彼という人間すべてを覆《おお》っていた。

クリスの困惑を楽しむように、セオドアは言った。

「まあ、少々肥えて横幅は広がったようだが、そなたの母の若き頃を思い出すことには違いない。そなたの母は、我が華麗なる千年王国プリ・ティス・フォティアス王国をあまねく照らさんかと思うような美しい娘であった。余も若き日に返ったように思うぞ」

嘲笑《ちょうしょう》？　それとも自嘲《じちょう》？　あるいは、本当に腹の底から笑っているのかもしれない。セオドアは、どこか壊れた子供の玩具《おもちゃ》めいた笑い声を零《こぼ》した。

そうだ――この男は、昔からこういう男であった。クリスはよく覚えている。けれど、歳《とし》を取って体型《フォルム》の丸くなったクリスの姿を見れば、失望して興味を失《な》くすと思っていた。そういう、女に外見以外の価値を見出《みいだ》すことのできない、卑怯《ひきょう》で浅薄《せんぱく》な男だと思っていたからだ。

セオドアの侍従《じじゅう》も、取り巻きたちも、鏡の間に集められた貴族たちも、度肝《どぎも》を抜かれたように息を呑《の》んで、国王とクリスをハラハラと見つめている。

「余の招きに応じたということは、ようやく余の妻となる覚悟を決めたのだな。ならば、さあ、近《ちこ》う寄れ」

「絶対嫌です。以前にも申し上げました通り、陛下とご縁を結ばせていただくお申し出につい
ては謹《つつし》んでお断りいたしますわ。あれから、よく考えましたの。わたくしは誰とも結婚いたし
ません」
「ほう、さすがに小娘だった頃とは違うか。ずいぶん鼻っ柱が強くなったな。母親譲りの性格
だ。だが、なぜだ？　余の息子たちに求婚されていることは知っているぞ。奴《やつ》らとも結婚をし
ないつもりか」
今この場にはいない二人の王子の——プリ・ティス・フォティアス王国では醜聞とすら捉《とら》え
られかねない求婚劇を持ち出し、セオドアはクリスを眺めた。
クリスは、二人の王子の名誉を汚させまいと、怯《ひる》むことなくこう答えた。
「……わたくしは母とは違います。決して強いわけではありません。ただ、わたくしには……、
好きな男に王位を蹴《け》らせるほどの勇気がないというだけのことです。わたくしはわたくしを愛
する男を悲しませたくはありませんし、ガラスの靴はいりません。わたくしの主《あるじ》は、永久《とわ》にこ
のわたくし自身のみです。どうぞあなた様の愛した女の一人娘がたどる、この寂しい孤独な末
路で——陛下のお慰《なぐさ》めとしていただくことはできませんか？」
クリスの言葉に、セオドアの瞳に宿る温い炎が、じんわりと熱さを取り戻していくようだっ
た。セオドアは、小鳥のさえずりのように柔らかい微笑を零した。
「ふっ……。愚かしい答えだな。余がまだそなたの母を愛してるとでも言うのか？　馬鹿馬鹿《ばかばか》

しい。それに、余はこの華麗なる千年王国プリ・ティス・フォティアス王国の国王であるぞ。そんな提案を余が受け入れるわけがあるまい」

セオドアは笑い、そして、立ち上がった。

「まあ、そなたの言う永久というのがいつまで続くのか試してみるのも悪くない。——なあ、この女が滞在しているのは、確か西の塔だったな？　部屋へ連れていって鍵《かぎ》をかけ、余が許可するまでは外に出すな。誰にも会わすな。もちろん、王子たちとて例外ではない。余の命令に背《そむ》いた王子は、どちらであっても即座に厳罰《げんばつ》に処する」

近衛兵にそう命じると、続いてセオドアはステファンをも拘束《こうそく》させた。

「そこに控えているそなたの愛人《おとこ》は、そなたが気を変えるまでの人質《ひとじち》だ。生きてもう一度会いたければ、さっさと余の前に跪《ひざまず》いて許しを請《こ》え。嫌というほど、誰がそなたの主であるかを教え込んでやる」

「……」

クリスは、セオドアをにらみつけた。その怒りに満ちた視線すら楽しむように、セオドアは笑い、そしてもう興味を失ったかのようにクリスから背を向け、鏡の間から消えた。

静寂と注目の中、クリスはそのままセオドアの近衛兵に両脇を固められ、抱き上げられるようにして鏡の間から連行されたのだった。

「……いい加減放してよ。自分で歩けるわ」

クリスがそう言うと、しぶしぶといった態度で国王付きの近衛兵たちは腕を放した。すでにクリスは西の塔に戻ってきていたが、目に見える範囲には、暁の騎士団の姿も夜更けの騎士団の姿もない。おそらく、あのふやけた頭が悪巧《わるだく》みのために少々うまく働くようになったらしい国王の仕業に違いない。

西の塔の居室に戻って一人になると、クリスはベッドの中に飛び込んだ。悔しくて悔しくて、枕に頭をうずめて震えながら歯嚙《はが》みした。

（あの、馬鹿国王め……っ！）

クリスは——実は、国王セオドアに対し、これまで少々同情もしていた。

母シャーロットに振られた彼は、その後ずいぶん自暴自棄《じぼうじき》になったらしい。シャーロットは確かにいつまででも眺めていたくなるほどの美しさを今でも輝かせているし、娘のクリスであっても、彼女が父とともに公爵領を離れて諸国に外遊する時は、母と離れる親子の情以上の切なさを感じてしまったりもする。

母に当時のことを少々聞いていたのもあって、千年王国の比類なき一粒真珠と呼ばれていた頃は、そう厳しく国王の申し出を撥《は》ねつけたりはせず、むしろのらりくらりと躱《かわ》していたのだ。

それでも、無論、失恋ごときで国王ともあろう男が前後不覚にまでなっては迷惑千万《せんばん》だとは断じていたが、……今となって、クリスにも少しセオドアの気持ちがわかるような気がするのだ。心から愛する者に気持ちが通じないというのは——それこそ永久に引きずりかねないような多大な喪失《そうしつ》感を伴《ともな》う……のだろう。今のクリスには、想像に難《かた》くない。

しかし、ここまでやられては、同情心などこの世の果てまで吹っ飛んだ。

（久しぶりに怒ったわ……！　今回ばかりはほんとの本気よ。国王ごときに、このあたしの自由の羽を折ることなんてできないってことを思い知らせてやるわ……!!）

クリスが閉じ込められた西の塔の居室には、翌日から嫌がらせのようにセオドアからの世にも稀《まれ》なる貴重な贈り物の数々が届けられた。食事は毎食あらゆる種類の料理が山ほど用意されたし、現れる見目麗しき国王直属の女官《にょかん》たちもみな、無表情な人形のようで、クリスに隙ひとつ見せなかった。

そして、当然ながら今のクリスは、裸一貫に等しい。忌々《いまいま》しいほどに強力無比な地位も権力も財力も武力も、すべてあの愛しい公爵城に置いてきてしまった。

しかし——である。

（……こんなんで、このあたしを束縛できると思ったら大間違いよ）

給仕《きゅうじ》が終わって一人きりになると、クリスは厳重に格子《こうし》が降ろされた窓から無理やり腕と顔を出した。

（……ンダッシャァァァ!!）

無言で気合いの大跳躍を見せ、クリスは西の塔の上階から今飛び去らんとする氷炎神鳥の眷属の脚《あし》を捕らえた。

『ピギィィィ!?』

耳ではなく心に響く鳴き声が、氷炎神鳥の眷属である雛《ひな》鳥の、神秘的なくちばしからほとばしって聞こえてきた。

「うふふふふ。つ、か、ま、え、た♡」

クリスはやたらと優しい顔で微笑《ほほえ》み、氷炎神鳥の眷属の怯《おび》えた瞳を見つめた。

どの貴族の家系よりも王家に近いプルーリオン公爵家令嬢のクリスである。当然のことながら、この氷炎王城西の塔の上で彼ら眷属が夕暮れごとに生まれ直している秘密はもちろん知っている。クリスは、氷炎神鳥眷属の雛にこう囁いた。

「取って食べるつもりはないわ。怖くないのよ？　それもこれもどれも、全部全部ぜーんぶ、この華麗なる千年王国プリ・ティス・フォティアス王国の御為《おんため》なんだから。この国を加護するあんたには、あたしに協力する義務があるのよ」

そう言っている間にも不可思議な魔力でどんどん成鳥の姿に近づいていく氷炎神鳥の眷属のくちばしをこじ開けて、クリスは給仕された料理を詰め込んでいった。

（……オラオラオラオラァァァァ‼）

『ピギャァァ⁉』

……数分後、丸々と膨《ふく》らませた氷炎神鳥の眷属が、クリスを思わせるような重い足取り――ならぬ羽捌《さば》きで、空をのたうちまわるように飛んでいった。一方クリスはといえば、氷炎神鳥の眷属のうしろ姿を見送ることもなく、ご不浄に隠れて大汗をかきながら猛烈にせわしなく動きまわっていた。

クリスは、給仕された食事と酒をすべて窓辺に飛んでくる氷炎神鳥の眷属に与え、国王付きの女官の監視を寝具に包《くる》まって不貞寝《ふてね》している振りをしてやりすごし、美容に命を懸けている侍女から教わった運動《エクササイズ》――を越えた絶食僧侶《そうりょ》の苦行がごとき荒行を死ぬ気で果たした。

良い子は決して真似《まね》してはいけない地獄《じごく》の荒行を乗り越え、贅《ぜい》を尽くした国王の贈り物の中から美容を磨くために使えるものすべてを駆使《くし》して肌と髪の猛烈なお手入れを行い、クリス流の大脱出計画《エクストリーム・エスケープ・プラン》を実行しようと決意したその日には、すでに拘束されて七日間が経《た》っていた。

（……さあ出陣よ、骨董姫！）

クリスは、自分に発破をかけるようにして、頬《ほお》をピシャピシャと叩《たた》いた。

時刻はクリスが最も愛する深夜、酒の神ディオニュソスの支配する時間である。クリスは、胸に手を当てて息を殺しながら、その瞬間を待った。

「失礼いたします。クリスティアナ姫、お着替えのご用意をお持ちいたしました」

ドアのノックとともにそう声が聞こえ、国王直属の女官が現れた。

女官の髪色を見て、クリスはしめしめとほくそ笑んだ。

この七日間、眷属にはずいぶんつらく当たったが、やはりクリスこそがこの世の正義と氷炎神鳥が認めているのであろうか。大当たりである。運がいい。女官の髪色は――クリスの白金《プラチナ》に輝く髪に似た、美しい淡い金髪であった。

「……あら？　クリスティアナ姫、どこにお出《い》でなのですか？」

今夜のベッドは、寝具が不自然に乱れている。奥の方で寝ているのだろうか？　――そう訝りながら、女官はベッドに近づいていった。

「……っ！　いない!?　い、いらっしゃらないわっ……!?」

動揺したように悲鳴を上げかけた女官の上に、クリスはセオドアから贈られた豪勢な装飾品から無残に千切って分捕った宝石の雨を惜《お》しげもなく散らした。

「なっ……!?　ほ、宝石……!?」

床に撒《ま》かれた逸品揃《ぞろ》いの宝石に女官が目を奪われたところで、クリスは天蓋《てんがい》の上からひらりと舞い降りた。

「そう——宝石よ。女なら誰でも、嫌いじゃないわよね」

身が軽いとやっぱり動きのキレが違う。そんなことを考えながら、クリスはにこりと笑って女官にこう囁いた。

「あたしは好きじゃないけど。……欲しけりゃ、あなたに全部あげるわ」

「……えっ⁉」

「てやっ、猫パンチ！」

御免《ごめん》——とばかりに、クリスは女官に当て身を食らわせた。王族の世話は心得ていても、戦闘など嗜んだことがあるはずもないうら若い柔な女官は、声もなく気を失った。

「ふう……」

クリスは汗を拭《ぬぐ》い、気絶している女官をふん縛って、彼女のお仕着せと自分のナイトガウンを手早く取り替えた。

——父であるアダルバードにプルーリオン公爵家の最期《さいご》を看取《みと》れと命じられた十と云年《うんねん》前のあの時、クリスは七日間ほどの間、一人きりで行けるだけの土地をさ迷った。心を決めるまでの食い扶持《ぶち》に髪を売って男の振りをし、なにごとも経験だとさまざまなことに挑戦した。素行の悪い武闘家崩れのチンピラどものパシリや、名のある剣士への弟子《でし》入りなんかは、その一例である。

あの七昼夜は半《なか》ばすべてが詰んだような気になっていたが、人生なんでも経験しておくものだ。あの時取った杵柄《きねづか》の当て身技や適当剣技は、その後も身分を隠してお忍びで遊ぶ時などに有用だったし、再会した父にヤケクソで挑んだ決闘でもクリスに勝利をもたらした。喉《のど》に剣を突きつけられて降参した父を見て、彼ではなく自分にこそ悪名高きプルーリオン公爵家を終焉《しゅうえん》させる使命が下っているると、クリスは知ったのだった。

遠い過去の話だと思っていたが――。それらの護身術が、今夜この上ないほどに役に立った。

給仕で置いていかれる大量の食事と酒は氷炎神鳥の眷属に食べさせて平らげたように装《よそお》い、女官がいない時間はすべて美容の達人である侍女が教えてくれた瘦身《そうしん》術に費《つい》やす。鼻血に血涙に血尿までもが滲《にじ》むような七日間で、クリスはすっかり別人になっていた。

最後の仕上げに久々に鏡に真剣に向かい、クリスは自分の唇に赤い紅《べに》を差した。常に惜しげも恥ずかしげもなく素顔《すっぴん》を世に晒《さら》してきたクリスであるから、これだけでもかなり印象が違う。

「……さあ、あなたは朝までしっかりあたしの身代わりをよろしくね」

気絶している女官をベッドの中に隠し、まるでクリスがいつものごとく不貞寝しているかのように装ってから、クリスは悠々《ゆうゆう》と部屋を出たのだった。

ヘッドドレスを深々と被《かぶ》ると、上手《うま》い具合に髪色と顔を隠すことができた。これならば、しばらくは誰何《すいか》も躱せるだろう。

幼少時から頭に叩き込んでいる氷炎王城の内図をもとに、人通りの少ない道を選んで、クリスは深夜の主塔に何気なく入った。そして、同輩ぶって通りがかりの女官や衛兵たちに顔を見られないように会釈をしながら、地下にある牢獄《ろうごく》へと向かった。

ステファンに逃走の意思のないことは最初から国王セオドアに見抜かれていたのだろう。たいした警戒もなく、クリスは氷炎王城地下へと潜《もぐ》り込んだ。

手近には、年老いて眠そうな目をシパシパと瞬《またた》いている牢吏《ろうり》がいる。さらに奥の牢獄出入口のそばには、老牢吏の配下と思《おぼ》しき年若い屈強そうな衛兵が一人控えているのが目に入った。老牢吏はともかく、あちらには猫パンチは効きそうにない。

一応、乳の谷間に国王からの贈り物である宝石をいくつか仕込んではきたのだが。……さて、彼にはどちらが効くだろうか？

少し悩んだが、案ずるより産むが易しである。やってみて、相手の反応を見て決めればいい。

クリスは腹を決めた。

（……よし）

今にもぷうぷう鼻提灯《ちょうちん》を膨らませそうな老牢吏をとっとと猫パンチで眠らせて監獄《かんごく》の鍵を盗むと、クリスはヘッドドレスを取った。音もなく、さらさらと長い髪が流れ落ちる。

松明の照らすわずかな光でも、その白金《プラチナ》に新雪のティアラを飾ったような美しい髪は艶《つや》やかに光を放った。そして、瞳は夢に現れるような魔性《ましょう》の菫《すみれ》色。太陽の光を避けて生きてきた肌はシミや皺《しわ》ひとつなく、真っ赤《まっか》に塗られた唇が年齢不詳の幻想的な美に拍車をかけている。

　実際は放っておいたら伸びただけだが、今夜ばかりはまるで常日頃から手入れと研磨を怠《おこた》らない真珠のように煌めく長い髪を揺らし、クリスは衛兵の背後に立った。そして、その屈強な肩をちょんちょんと叩く。

「？　っ……!?」

　振り返るなり、若き衛兵は目を見開いて、少年のような顔でリンゴのように真っ赤になった。まるで、氷炎王城の闇夜《やみよ》に出没《しゅつぼつ》する魔女か妖精でも見たかのような顔である。

「おっ……、おまえは誰だっ……？」

あどけなく、声が震えている。他愛もない。クリスの計画方針は、すぐにも決まった。

　クリスは赤く艶めく唇に柔らかな曲線を描き、衛兵に優しくこう囁いた。

「国王陛下の秘密の勅命で参りました。囚人《しゅうじん》に差し入れをするようご命令を受けてきたのですが、よろしいですか？」

「差し入れ……？　だ、だ、だが、おまえ、なにも持っていないではないか……」

「ですから、わたくし自身が差し入れなのです。囚人は、クリスティアナ姫に忠誠を誓っているご様子。そのお心をわたくしの献身で変えてみせよとの、陛下のご命令です。牢吏様のご許可と鍵をいただいてここまで参りました。どうぞ、わたくしをお通しくださいませ」

「お、おまえが……？　なるほど……」

クリスの容貌を上から下まで見まわし、衛兵は納得したように頷いた。要は、この妖艶《ようえん》な美女を使ってあの公爵令嬢の愛人を寝返らせようという国王陛下の指示なのだろう。衛兵は、しかしまだ訝るようにクリスを見つめた。

「……だが、俺はそのような報《しら》せは受け取っていないが」

その疑問に、クリスは背の高い衛兵の耳朶《じだ》を軽く引っ張って答えた。

「今夜わたくしを閨《ねや》にお呼びになった時に、陛下がお戯《たわむ》れで下されたご命令ですから。……あまり時間をかけると、わたくしが陛下に罰せられてしまいます。通してくだされば、あなたともあとでたっぷりと親しくさせていただきたいと思っておりますが、いかがでしょう」

「な、なにっ……？」

耳に息を吹きかけ、衛兵の首筋を指先でなぞるようにして、クリスは続けた。

「おわかりでしょう。哀《あわ》れなわたくしにご慈悲《じひ》をくださいませ。陛下のご不興を買えば、つらい思いをすることになります。わたくしは、陛下が怖いのです。陛下にお仕置きされないためなら、なんでもいたします」

「……」

今度は耳まで真っ赤になった衛兵が、クリスの潤《うる》んだ菫色の瞳に魅入られたように固まる。じれったくなって、クリスは声を上ずらせ、甘くねだるように命じた。

「だから、決断を早くなさい。……ね？」

「わ、わかった。では、通れ」

　ようやく若き衛兵から許可を受けて、クリスは地下牢の中をそそと進んだ。

「ステファン君、無事!?　……あら、とっても元気そうね」

　ようやくステファンが捕らえられている牢獄を探し当てると、クリスは脱力した。クリスの居室とまではいかないが、ステファンの入れられている牢部屋は、まるで貴族の居室のように清潔で美しく、綺羅綺羅《きらきら》しい調度品などまでもが置かれていた。

　助けに現れたクリスを見て、ステファンがケタケタ笑った。

「ええ、そうなんです。陛下はなかなかの策士ですね。わたしを寝返らせようというのか、地位の高い高級政治犯待遇を受けていたんです。これで美形の差し入れでもあれば完璧なのですが、残念ながらそれはいまだなく……。……それにしても、クリスお嬢様、化けましたね。以前から水太りというか酒量ゆえの水分太りというか、そういう肥え方だとは思ってましたが、見事な変貌振りです。それともまさか、プルーリオン公爵家のみに伝わる秘儀中の秘儀、別人の術でも使われましたか」

　牢獄のステファンは、しげしげとクリスの姿を眺めた。真珠の艶めきを持って輝く白金の髪は長く腰まで垂らされ、瞳は妖艶な菫色に煌めいている。さきほどクリスが若い衛兵を籠絡した様子をステファンが目にしていれば、衛兵に同情したに違いない。彼の目の前に現れたのは、華麗なる千年王国プリ・ティス・フォティアス王国建国以来の傾国の美女であるシャーロットをも凌駕《りょうが》する魔性の美女なのだ。

「別人の術って……、そんなもんあるわけないでしょ。あなたが前に教えてくれた、『七日間で胸を残して劇的に痩せる！　奇跡の痩身術』を実践《じっせん》したのよ。死ぬかと思ったわ。むしろあなた、あたしを殺す気だったでしょ？」

「おやおや、バレてしまいましたか。では、勇気を振り絞って白状しますがね。わたしはわたしより綺麗《きれい》な女が大嫌いなんです」

「あたしの従者のくせに、やってくれるわ。とはいえ、そう案ずることはないわよ。こう見えてお腹はコルセットでギュウギュウだもの」

「こう見えてもなにも、見ればわかります。ほら、入ってきてください。直してあげますから。ここの鍵は貰《もら》ってきたんでしょう？」

肩をすくめて、クリスはステファンに頷いた。鍵を開けて牢獄の中に入り、クリスはステファンの前に立った。慣れた手つきで氷炎王城の女官の衣装であるエプロンドレスを緩《ゆる》めて、ステファンは苦笑した。

「こんな光景を王子様方に見られたら、殺されますね。わたし」

「殺されないわよ。……どこの女のところにしけ込んでるんだか、うんともすんとも言ってこないもの」

「まあまあ、そう悲しい顔をしないで。捕まっている間に衛兵をこちょぐって訊《き》いてみたところ、お二人の王子様はそれぞれ、隣国から侵攻の気配ありと、東西の果てを治める辺境伯《へんきょうはく》のもとへ派遣されているようですよ。もちろん、国王陛下直々のご命令です。どのような早馬を走らせても、神鳥《しんちょう》王都まで往復で十日はかかりましょう。つまりはあと三日の辛抱《しんぼう》です」

「……」

今度はステファンの指が、するするとコルセットを締めている紐《ひも》を緩めていく。

すると、クリスの体から眩く煌めく宝石がパラパラといくつも落ちた。しかし、それらには目もくれずに、ステファンはこう呟いた。

「困ったなあ、ご謙遜《けんそん》なさった割に完璧じゃないですか。王子様方のためでしょうか、それとも、僭越《せんえつ》ながらこのわたしのため？　よくぞここまで頑張《がんば》りましたね。この細い腰、美しいという言葉以外の表現をわたしは持ち得ません。男の姿のままでいると、あなたを悲しませる無《ぶ》粋《すい》なやり方で苛《いじ》めたくなっちゃいそうですよ……」

「なに言ってるのよ。このあたしがそんな手抜かりをすると思って？　もちろん、あなたの分も盗んできてるわよ」

そう言って、クリスはエプロンドレスのふんわりと膨らんだスカートを持ち上げた。中からどさっともうひと揃え、女官用のお仕着せが出てきた。

「素晴らしい《エクセレント》。クリスお嬢様って、本気になると本当に驚くような馬力を発揮《はっき》しますね。まさに火事場のくそ力です。……っと。悪い子が覗《のぞ》きに来たようですよ」

「え？」

ステファンの言葉にクリスが振り返ると、そこには、先ほど籠絡した若い衛兵が赤い顔をして立っていた。クリスは今、闇夜に浮かぶ真《ま》っ白《しろ》な背と、緩んで今にも落ちそうなコルセットに包まれた華奢な腰を晒し、スカートを太ももまでたくし上げている。

「あら、まあ……」

「交ざります？　衛兵さん」

ニコニコとステファンがそうのたまい、それからクリスのスカートをさらにひらりと捲《めく》った。

「ぎゃっ……、ちょっ……!?」

「わっ、ちょっ……!?」

ふいを衝《つ》かれたクリスと衛兵が一緒に小さく悲鳴を上げ、その隙にステファンが目にも止まらぬ速度でクリスの脇をすり抜けて衛兵のそばまで駆け寄り、一撃で気絶させた。

「さあて、わたしが変な気を起こす前に参りましょうか。クリスお嬢様」

にっこりと笑って、今撃ったばかりの拳《こぶし》を広げてステファンがひらひらと振った。

第六章

神鳥王都に巣食う盗賊

Cinderella doesn't need Glass Slippers!

クリスたちは、そのまま寝静まった神鳥《しんちょう》王都で馬車をかっぱらい、遁走《とんそう》を続けていた。

「一緒に盗賊《とうぞく》になれそうですね、わたしたち」

ケタケタと笑うステファンは、――すっかり元の可愛《かわい》い曲者《くせもの》侍女《じじょ》ステファニーの姿に戻っていた。あの異国の王子風の容貌《ようぼう》を輝かせていたステファンの要素が微塵《みじん》も残らない侍女を見て、クリスは舌を巻いた。

「別人の術の使い手はそっちじゃないの」

「うふふ。特技までそっくりだなんて、本当にわたしたちって似た者同士ですねえ。けど、なんだか胸騒ぎのする男姿より、あなたのそばにいるにはやっぱりこの方が落ち着くようです。

――さてと、どちらに行きます？　西ですか、東ですか。ちなみに報告させていただきますと、西がジュリアス殿下、東がグランヴィル殿下でございますが」

「なに言ってるのよ。南に決まってるでしょ。いい加減公爵《こうしゃく》城のあの塔のてっぺんに戻りたいの。そして怠惰《たいだ》に自由に無意味に暮らしたいの」

「ですが、それは悪手《あくしゅ》でございましょう。公爵城にわたしと二人で帰っても、国王陛下《へいか》が即追いかけてきてまた連れ戻されるだけですよ。また陛下に捕まっては、お二人の王子様の弱みになってしまいます。御前でああおっしゃっていたからには、あなたもおわかりなんでしょう？あなたと再会して過去の失恋の傷口に粗塩《あらじお》をモミモミ揉《も》み込まれて恋を思い出した哀《あわ》れな国王陛下は、公爵夫人《シャーロットさま》の代わりにあなたを痛めつけるため、慰《なぐさ》み物の玩具《おもちゃ》にせんと欲しているんです。そのためにはあなたとの再婚も辞さないご様子なのですから、こうなった以上はとっとと腹を括《くく》って、王子様方どちらかの花嫁になってしまうのが上策と思いますが」

「……」

クリスは、ステファニーから目を逸《そ》らして黙りこんだ。

いつもなら勝手にくるくるとまわって珍奇な打開策を捻《ひね》り出し、クリスを窮地《きゅうち》から救ってくれるはずの頭脳も、さっきからだんまりを決め込み、うんともすんとも言ってくれない。

「……まあ、あんまり困られるとわたしも素に戻っちゃうんで、ここらであなたを苛《いじ》めるのはやめておきます。それでは、適当にぬるっといきますか。とりあえずクリスお嬢様、その赤い口紅《くちべに》だけは似合ってません。色香がすぎますよ。少々色味を落とすことにいたしましょう」

ステファニーは、クリスに同情したようにどこからかハンカチを出して、その唇《くちびる》を拭《ぬぐ》った。

「ほら、あなたには、このくらいの薄紅色がちょうどいいです。ねえ、クリスお嬢様。そう心配せずとも大丈夫ですよ。誰よりも自由で強く賢《かしこ》く、そして気高いあなたには、きっと氷炎《アイス・フレイム》神鳥《バード》の聖なるご加護が――……」

クリスの可愛い侍女がそこまで言ったところであった。

ふいに馬車の外を、無数の荒々しい蹄《ひづめ》の音が囲んだ。王子率いる騎士団はおろか、国王の親衛隊ですらないことは、すぐにもわかった。耳を塞《ふさ》ぎたくなるような粗暴《そぼう》な怒声が響いてきたからだ。

「馬を止めろ！　俺たちは神鳥王都を脅《おびや》かす盗賊だ！　命が惜《お》しくば、身包《みぐる》み脱いで置いていけ――!!」


馬車から乗り手を引っ張り出した盗賊たちは、クリスとステファニーの容貌を目《ま》の当たりにして絶句し、そのままねぐらにしているらしい山林沿いの掘っ立て小屋へと連れ帰った。

これで全員なのかそれとも一部なのかは定かではないが、小屋の中には三十人からの荒くれ者たちが居座っていた。

掘っ立て小屋の内部は、外から見るよりは広く整頓《せいとん》されており、酒や食糧《しょくりょう》に加えて、荒々しい武器や収奪物と思《おぼ》しき金銀財宝などがぞんざいに投げ置かれていた。

互いに抱きしめ合って掘っ立て小屋の隅《すみ》で小さくなっているクリスとステファニーを眺《なが》めて、盗賊たちは舌なめずりをするような声を上げた。

「すげえ……。こんな美女、見たこともねえぜ。氷炎神鳥の見せる幻《まぼろし》か？」

「それも、二人もだぜ。今夜は楽しくなりそうだぜ」

ヒャッハッハッハー！　と取ってつけたような笑い声が響き、盗賊たちは楽しげに酒盛りを始めた。

馬鹿《ばか》騒ぎし出した盗賊たちを前に、ステファニーはクリスに小声でこう囁《ささや》いた。

「……さすがにまずいですね。このままでは二人とも殺されるか、そうならないまでも、非常に悲惨《ひさん》な目に遭《あ》います。ここはわたしが身を挺《てい》して、この熱くほとばしらんばかりの魅力でしばらく彼らを足止めします。ですから、どうぞその間にあなただけでもお逃げください」

「そんなの嫌よ。殺されるかどうかなんて、まだわからないじゃない」

クリスはそう言って、ステファニーを抱く手に力を込めた。ステファニーは強い。けれど、今夜は空手《からて》だ。さすがに武器もなく、三十人もの武装した盗賊と渡り合えるとは思えない。

それに、ほとばしる魅力とやらで籠絡《ろうらく》するにしても、氷炎王城《ひえんおうじょう》の衛兵のように乙女《おとめ》みたいな他愛ない坊やになら効くかもしれないが、ステファニーの正体は男なのだ。そうと知れたら、盗賊たちがどう怒りくるうかわからない。なんにせよ、危険すぎる。

「あなたを残して逃げるなんて、絶対嫌」

「あなたのお心はそうでしょうがね、クリスお嬢様」

こんな時だというのに、ステファニーは微塵も慌《あわ》てた素振りを見せずに、くすくすと悪戯《いたずら》っぽく笑った。そして、クリスの耳元にこう囁く。

「けれど、あなたのお言葉をお借りすれば、あなたを縛る足枷《かせ》と無限の鎖《くさり》が囁いているはずですよ。ここであなたは命を落としてはいけない。ただの侍女であるわたしならそうなってもいい。わたしの屍《しかばね》を踏み越えても、あなたは生き残るべきだ——生き延びねばならない、とね。あなたがその可愛い可愛いご自分を犠牲《ぎせい》にしてもお守りするのは、この世にたったお二人だけのはずです。もちろん、ご両親のことじゃありませんよ」

「……」

「クリスお嬢様。あなたはね、自由で強い人です。だから、大丈夫です。生きていればいろんな日がありますし、人間誰しもいろんな経験をするものです。ですから、こんな日だってたまにあるでしょう。でも、あなたなら今宵《こよい》のような夜をも乗り越えて生きていけます。わたしは、魂《たましい》になってもきっとあなたのおそばにおりますよ。ですから、どうぞご幸運……ではなく、ご武運を」

「……なによ、それ」

「だって、あなたは荒武者《あらむしゃ》みたいなお方じゃないですか。ここを切り抜けて元のぽっちゃり骨《ミス・》董姫《アンタッチャブル》に戻った暁《あかつき》には、武運の上に『デ』を付けて差し上げた方がお気に召します？」

「うるさいわね……」

ステファニーの変わらぬ軽口に、クリスは眉をひそめた。

「……確かにあたしは、最後にはあなたを見殺しにしても自分が生き残る道を選ぶわ。けど……、まだ最後だとは思ってないの。そういう覚悟でなければ、プリ・ティス・フォティアス王国建国以来長きに渡って悪名を轟《とどろ》かせ続けたプルーリオン公爵家の最期《さいご》を看取《みと》る女公爵になんて、とってもなれないもの。——ステファニーちゃん、命令よ。ここはあたしに任せて、あなたはそこで主人を危険に晒《さら》した自分の無能さを膝《ひざ》でも抱いて悔やんでなさい」

クリスは小さく息を吐いて、ステファニーの手をそっと解《ほど》いた。そして、髪を掻《か》き上げて、ふんわりと胸の前に下ろす。

（あの赤い口紅、落とさない方がよかったわ……）

初めて本気で侍女の手抜かりを叱責《しっせき》したくなったが、まあいい。きっとなんとかなるだろうし、なんとかしてみせる。

クリスはおもむろに立ち上がって、さっきから盗賊たちの頭領《とうりょう》と目星をつけていた、頬《ほお》に大きな十字傷をつけた男のもとに近づいた。

存外若い十字傷の男の前に立つと、やっとクリスが近寄ってきたことに気がついた盗賊たちが、ヒューヒューと甲高《かんだか》い下品で下劣《げれつ》で下手《へた》くそな口笛を吹いた。

かまわずに、クリスは薄紅色に染められた唇を開いた。

「あの、頭目《とうもく》様？　お酌《しゃく》をしてもよろしいでしょうか。実は、あなたにお願いがあるんですの」

その声に、震えは微塵もない。千年王国の比類なき一粒真珠《しんじゅ》と呼ばれていた頃に、男にはさんざん口説かれたことがある。男をあしらう術《すべ》くらいは、いくらでも用意があるのだ。……たぶん。

そして、懐《ふところ》には、いつでもクリスの味方となってくれたあんまり好きではない手下《ほうせき》も潜《ひそ》ませている。さすがに国王自《みずか》ら女に贈ってきたものだから、ここにある財宝類より質はずっといい。奥の手としては悪くないだろう。ただし、出す時は間違えられない。

内心の思考を隠し、クリスは経験豊富な女のような顔をして、十字傷の男を見つめた。

「……」

まるで、値踏みでもするかのように、十字傷の男は無言でクリスを見据《みす》えている。十字傷の男の射るような鋭い眼光に、クリスは少し怯《ひる》んだ。

けれど、その素振りは見せずに、無言を許可と判断してクリスはしなを作って十字傷の男のそばにゆっくりと腰を下ろした。そして、十字傷の男の持っている盃《さかずき》に酒を注《つ》ぎ、睦言《むつごと》でも囁くようにこう続けた。

「わたくしたち、ご覧の通り、氷炎王城の女官《にょかん》ですわ。この深夜に護衛もつけずにあんなみすぼらしい馬車を走らせていたのですもの。きっとお察しなのでしょうが、理由《わけ》あって氷炎王城から逃げ、遠くの町へ隠れ住もうと思っていたところなんです。どうかわたくしたちを見逃していただくことはできませんか？」

クリスがそう訊《き》いて上目遣いに見つめると、十字傷の男は不遜《ふそん》な笑みをニヤッと浮かべた。

「……たいした度胸だな。このオレと取り引きをしようって気か？」

「ええ、そうなんですの」

この場にいる全員を相手にするよりは、この十字傷一人を籠絡してしまう方がずっといい。王侯貴族だろうが盗賊だろうが、男は皆、自分の戴《いただ》く頭領の女には手を出さない。そういうものだ。だから、だから、だから——この千年王国の国王と王子たちにも、それは言えるかもしれなくて。

……けれど、クリスは首を振った。今大事なのは、その『だから』じゃない。

だから、クリスはこう続けた。

「わたくしたちはなにも知らない世間知らずな身ですが、怖い目には遭いたくありません。頭目様とだけお話しできれば、とても幸せに思うのです。わたくしは、あなたのものです。ですから、どうぞ、あそこにいるわたくしの妹分の娘のことはお見逃しください」

「あそこの奴《やつ》がそんなに大切なのか。だが、その口振りからするに、あんたの本当の妹じゃねえんだろう」

「わたくしのたった一人の友人ですわ」

「なるほど、友か」

「素敵な友情でしょう」

十字傷の男はクリスをいたぶるのを楽しむように笑っているが——、その瞳《ひとみ》はクリスの肢体《したい》から離れない。

誘惑は成功したと、クリスは思った。色か恋かを問わず、幼い頃から男たちの熱い視線に晒されてきたクリスである。内心の動揺はともかくとして、相手の男が自分を欲しいと思っているかどうかの判断など、赤子の手を捻るよりも楽に下せる。

……と、そこまで考えてから、クリスは止まった。

（経験豊富な熟女だと、ここからどうするんだろう……？　じ、自分で脱いで、全裸《ぜんら》で大の字に寝転んで『さあ、かかっていらっしゃい！』と誘ってみるとか？　……なんか違う気がするわ。むしろ、焦《じ》らして脱がされるのを待った方がいいの？　いやいや、いっそ、もう思い切ってお酒を口移しでゴブゴブ飲ませてみる？？　ダ、ダメだわ。そんなことに愛するお酒を利用したら、酒の神ディオニュソスに嫌われちゃう！）

ディオニュソスに嫌われて酒を讃《たた》える秘祭を行えなくなるのは、自由の羽を折られるのと等しくつらい。

しかし、どうすればいいのかちっともわからない。その道の達人であるステファニーに、コツを聞いておけばよかったとクリスは後悔した。クリスも立派な三十路《みそじ》女である。かつて真面《まじ》目《め》な令嬢だった頃にはその手の指南書のようなものを読んだことがあるし、小説にそういう場面が登場するのを文字で追ったことも幾度《いくど》もあった。だから、生まれてこの方この方面に興味がなかったわけではもちろんないのだが……。

（文字で経験しただけじゃ、やっぱり理解できてない部分が多すぎるわ……！）

自分が楽しむために人生に必要なものはすべて経験し、会得《えとく》したと思っていたが、どうやらとんだ見込み違いであったようだ。この局面にきて致命的なことに、この方面についてこれ以上はなにも経験がない。

たとえば、そうなった時に痛みを我慢して平気な顔をしてみたり、またはなんとなくの雰囲気で珍獣風《オットセイ》の嬌声《きょうせい》を上げてみても、男には未経験だとわかるものなのだろうか。体の屈辱《くつじょく》はまあ甘んじて受けざるを得ないとしても、心にまでは侵攻させたくない。

とりあえずお仕着せのリボンを緩《ゆる》めてふくよかな白い胸元を少し晒して袖《そで》を肩から落としてみて、クリスは小さく息を吐いた。せっかくステファニーに締め直してもらったけれど、コルセットは息苦しくて好きではない。やっぱりクリスは、拘束《こうそく》よりも自由をなにより愛しているのだ。

すると、遠くを眺めているような表情をしているクリスを見つめ続けていた十字傷の男が、こう呟《つぶや》いた。

「いい女だ。その美は闇夜《やみよ》の見せる幻想かとも思ったが、喋《しゃべ》る言葉もこの上なく魅力的だな。あんたが幻かどうかは、この腕に抱いてみればわかるんだろうな……」

馬鹿なことを考えている間に、十字傷の男の手が、クリスの方へとすっと伸びてきた。口調は粗野だが、物腰にはどこか気品を感じる。この雰囲気からして、この男、ただの粗暴者ではない。手下の盗賊たちはともかくとして、この男ばかりは、おそらくそれなりの身分を隠し持っている。どこかで他人事《ひとごと》のように、クリスはそう思った。

「……だが、氷炎王城の女官というのは嘘《うそ》だろ？　その容貌で、王族の目に留まらないはずはねえからな。あんた……、本当は何者だ？　なぜ氷炎王城から逃げてきた？」

「隠しごとはお互い様でしょう。あなたも確たる身分をお持ちなことはお見通しですのよ。これ以上は探りませんが、あんまりわたくしを苛めるようなら考えがあります」

「へえ。どんな考えだ」

「この取り引きはなかったことにいたします――」

「なんだ、それは。虜囚《りょしゅう》の身で、このオレを脅《おど》しているつもりか」

「もちろんその通りですわ。わたくしに嫌われたくはないでしょう？　だったら、これ以上の余計なお口はお慎《つつし》みなさい。盗賊の頭目様」

「ふん……。ずいぶんと生意気な口を叩《たた》く奴だ。面白い女だな」

「そうかもしれません。わたくしをもっと知れば、もっと面白く楽しめるかもしれませんよ。きっと」

もうほとんど唇が勝手に動き、どこかで聞きかじったような台詞《せりふ》を抜け抜けと喋っていた。クリスは誘うような仕草で、内心では覚悟を決めて目を閉じた。

……終わったあとで、適当なこいつの手下を宝石で買収し、隙《すき》を見て侍女と逃げ出す。それでいいだろう。失敗したら――まあいい。別に、盗賊の女になればいいのだ。それはそれで、結構面白い人生に違いない。そう心配せずとも、強くて自由を愛するクリスは、どこでだって、たとえ一人でだって、楽しく愉快《ゆかい》に生きていける。今まではずっとそうだった。だから、これからもそうであるはずだ。

——なのに、今は少しだけ、目頭《めがしら》が熱い気がした。それでも、涙は粒にはならなかった。涙が堪《こら》えられないほどクリスは柔でも幼くもないし、自分の心につく嘘すらをも愛している。けれど、涙の代わりにクリスが心にもうひとつ持つ正直さが、自分自身に悪戯したのだろうか。その瞼《まぶた》の裏に、王子の姿が映った。どっちの——と思った、その時だった。

「クリスティアナ！」

「ここか!?」

待ちに待った男たちの声が、小屋中に響いた。

そこから先は、——あっという間であった。

ジュリアスとグランヴィルが率いる暁と夜更けの騎士団が目を瞠《みは》るような見事な連携を見せ、息つく暇もない速さで盗賊たちを蹴《け》散らしていった。盗賊の首領《しゅりょう》たるあの十字傷の男を含めた何人かは逃がしてしまったようだが、小屋にいた大半の者が騎士たちに捕縛された。

「——くっ！　あの十字傷の男を取り逃がしたか」

「仕方あるまい、グランヴィル。彼女の前で、汚い血を流すわけにはいかない」

「だが、報《むく》いは必ず受けさせてやる……！」

「当然だ」

兄への敬語も忘れるほどに余裕のないグランヴィルと、いつになく厳しい口調をしたジュリアスが、視界に映っている。呆然《ぼうぜん》となって固まったまま、クリスは動くことができなくなっていた。

ジュリアスとグランヴィルがようやく振り返り、窮地を救い出したクリスの姿を見つめた。

「……っ!?」

「……っ!!」

次の瞬間、二人は顔を見合わせることもせずに、すぐに小屋の中から自分たち以外の男に全員出ていくように命令した。そして、二人の王子とクリス以外誰もいなくなった小屋を確認してから、競うようにしてクリスの前に跪《ひざまず》いた。

黄金《おうごん》と漆黒《しっこく》に彩《いろど》られた美しい双子王子の相貌が、クリスを案ずるようにそっと見つめてくる。

「間に合ってよかった……。きみを一人にしてすまなかった、クリスティアナ。陛下の近衛兵の監視を躱《かわ》すのに、少し手間取ってしまったんだ」

厳しさが拭い去られて、蜂蜜《はちみつ》酒より甘く響くジュリアスの声が、そう聞こえてくる。

「氷炎王城に戻っておまえが消えたことを知り、すぐにここまで追ってきたのだ。怪我《けが》はないか？　クリスティアナ」

続いて響いてきたのは、魂を揺さぶるほど恐ろしいのに優しい、グランヴィルの声であった。

「……」

クリスは、無言であった。

遅い！　……だとか。

怖かった。……だとか。

そういう言葉が頭の中を流れていったが、口からは出てこなかった。黙りこくっているクリスを、ジュリアスとグランヴィルが不思議そうに見つめた。

「クリスティアナ……？」

「おまえ……」

……けれど、二人の王子は、ようやく事情を察したのか、クリスの肩にそっと手を置いた。

その優しく温かな体温に触れて――クリスはやっとのことで、たった一度瞬《まばた》きをした。

クリスの露《あらわ》になったままの白い肩に、二人の王子の温かな手が、そっと優しく触れている。

「あ……」

ようやく喉《のど》を割った小さな呟きとともに、さっきまでは微塵の動揺も見せていなかったクリスの肢体が、カタカタと小刻みに震え始める。寒くもないのに体の芯《しん》から震えがきて、クリスはまた瞬きをした。その途端、ぱっと視界が明瞭《めいりょう》になり、やっとクリスはジュリアスとグランヴィルの顔をはっきりと目にすることができた。

「……ジュリアス様、グランヴィル様……」

ようやく目の焦点《しょうてん》が合ってまっすぐに自分たちを見上げたクリスに、安堵《あんど》したようにジュリアスがこう言った。

「……僕としたことが、今この瞬間まで人違いをしてしまったかと自分を疑っていた。でも、やっぱりきみだったんだね。安心したよ、クリスティアナ。きみは、僕の知らない魔法を使えるんだね」

グランヴィルも、兄の言葉が終わらないうちにこう言う。

「間違いでなくてよかった。おまえを助けるためになにを捨ててもいいと決めてここまできたのに、またおまえに煙《けむ》に巻かれてしまったかと思った。おまえは、そんな顔もできるのだな……」

「……」

二人の王子の声が、不安と恐怖で満ちていたクリスの内部を綺麗《きれい》に洗い流し、クリスはようやく意味のある言葉をか細く絞り出した。

「……あの……、あたし……」

「うん」

「なんだ」

いつになく気遣わしげに、ジュリアスとグランヴィルが、クリスのペースを待ってくれている。クリスは、ひと言ひと言区切るようにして、こう言った。

「……あたし、今までずいぶんたくさんのことを経験してきたと思っておりましたし、自分の人生に不足はもうないと考えていました。でも……」

歯の根が合わないほどに、カチカチと震えている。安堵と、これまでに感じたことのない充足感で、クリスは震えているのだ。

「……まだまだ、経験し足りないことが山ほどあったようです。いい歳《とし》をして、とんだ未熟者ですね。こんな可愛げのない女ですから、男に今さら期待することなどありませんし、あたしは一人でも生きていけます。それだけの力を両親に貰《もら》いました。……けれど……」

ぐすっとすすり上げて、クリスは小さくこう続けた。

「今は少しだけ……、お二人の肩をお借りしてもいいですか……」

「……」

「……」

クリスの震える声に、ジュリアスとグランヴィルは、目を見合わせることもなく、その強く逞《たくま》しい肩をクリスの前で合わせた。二人の肩のちょうど真ん中にこてっと額《ひたい》を預けて、クリスは、長く細い息を吐き出した。

「はぁ……」

泣き声を上げることはしなかった。できなかったのかもしれない。

「……っく……」

伏《ふ》せたクリスの瞳から、はらはらと音もなく涙が流れ落ちた。

「……まったく、きみは。僕を傷つけるような嘘を言って、経験のある振りなんかして、本当に困ったプリンセスだね」

顔を上げなくてもわかる。ジュリアスが、あの天使のように甘い微笑《ほほえ》みを浮かべて、クリスをそう慰めた。

「二度と、俺に嘘をつくな。……と言いたいところだが、過去を偽《いつわ》る程度の女の小さな嘘を責め立てるのは趣味じゃないからな。これ以上は言うまい」

グランヴィルが、あの聞く者すべてを従わせるような声で、悲しげに優しくクリスにそう囁く。

震えているクリスの両肩に、二人の王子が脱いだ上衣が半分ずつかけられた。上衣にはジュリアスとグランヴィルの体温が残っていて、クリスは心まで温かくなったような気がした。自分という存在に課せられている重荷のすべてから一時解放されたような気がして、クリスは目を瞬《またた》いた。

「……あ……、あの、ありが……。……えっ？」

ようやく涙を止めてクリスが顔を上げようとすると、そのうなじに二人の手が同時に当てられて、クリスは再び二人の肩に同時に額を預けさせられた。

「え……？　あの……？」

クリスが驚いていると、ジュリアスとグランヴィルがこう言った。

「待って、……もう少しだけ」

「こうさせていてほしい」

ジュリアスとグランヴィルの腕がクリスの腰にまわり、二人の唇が、同時にクリスの耳朶《じだ》に触れた。

「……っ」

急にクリスの胸が、思い出したように熱く高鳴り始めた。

（こ……、この動悸《どうき》息切れはいったい……）

それは、これまでの人生で感じたことのない種類の感情だった。

……だけど、たぶん、戯曲《ぎきょく》や小説の中では、いくらでも体験をしたことがある。

（いや、でも、まさか、そんな、今さら……）

クリスの心は、動揺と不思議な高揚で満たされた。

今まで、窮地に陥《おちい》ったとしても自分を助けられるのは自分だけだと思っていたし、手まわしをせずに用意もしていない救いの手が自分のところに現れるなんて、想像したことすらなかった。なのに、確かにさっきのクリスは助けに来てくれる王子を待っていた。そして、……王子は本当に来てくれた。知性や想像や使命を超える事象がこの世にあって、それがこんなにも胸を熱くするものだなんて、知らなかった。……知ることができてよかったかどうかまでは、まだ考えられないけれど。

この先のことを予想する理性が不安を囁き、想像が甘い夢を見せる。経験が心底この甘い感情に浸《ひた》ることを阻《はば》んで、その不安をあまさず訴《うった》えたいような、壊れるほどきつく抱きしめてほしいような混乱で、胸が占められた。でも、クリスにはもう、感情のままに動くなんてことはできない。そういう種類の強さは、人生を生き抜く狡猾《こうかつ》さと引き換えに失《な》くしてしまった。歳を重ねて、強くなったのか弱くなったのか、今になってわからなくなる。

だから……、今はこれ以上は考えたくなかった。

（……たぶん、どれもこれもあれもそれもなにもかも全部歳のせいね。帰ってお酒でも飲めば、きっと治るわ。酒は百薬の長ともいうわけだし）

酒と怠惰と傲慢《ごうまん》と財力であらゆる自分の問題を捻《ね》じ伏せてきたクリスである。今さらそう簡単に人生の軌道《きどう》変更などできるはずもない。

頬が熱くなって涙が止まると、クリスはひたすら酒と肉と寝具《しんぐ》が恋しくなった。クリスは気がつきかけた胸の高鳴りの正体に蓋《ふた》をした。そして、一時なりともジュリアスとグランヴィルにも同じく課せられている重荷から少しでも解放させてあげようと、二人の望み通りに再び目を閉じたのだった。

＊＊＊

氷炎王城の西の塔に戻った頃には、クリスはすっかり熱を出していた。王子たちに求婚されて以来、慣れないこと続きの体に限界が来たのかもしれない。いくらクリスといえども、寄る年波には（以下略）。

ほかほかと熱い頭を枕に預けて大の字になってベッドに寝転んで、豪奢《ごうしゃ》すぎる天蓋《てんがい》を眺めながら、クリスは大きく息を吐いた。

「……はあぁ……。やっと帰れた……」

自分でもそれと意識せずに、公爵城の自室ではないこの二人の王子がいる西の塔の部屋に向かってそう呟いたあとで、クリスはベッドの両脇にそれぞれ目をやった。

「……ところで、いつまでこの部屋にいらっしゃるつもりなんです？　ジュリアス様、グランヴィル様」

ベッドの両脇《サイド》には、クリスの伸ばした手を握っている二人の似ていない双子王子が控えていた。

「もちろん、きみの熱が引くまでさ。きみが望むなら、もっとそばでその体を温めてあげてもいいんだけど」

ジュリアスが甘くそう微笑むと、反対にグランヴィルが眉間《みけん》に皺《しわ》を寄せる。

「安心しろ、兄上がいなくなるまでこの俺がそばにいてやる。だから、今はなにも考えずにゆっくり休め」

二人の言葉に、熱に浮かされているクリスは、なんだか無駄に可笑《おか》しくなってきた。

「お二人とも、そんなに献身《けんしん》的な方だったんですか？　お馬鹿さんなことをして、風邪《かぜ》が伝染《うつ》っても知りませんよ。熱を出したって、お二人と違ってあたしは看病なんかしてあげる優しい心を持ち合わせては……。……あ、でも、熱で動けないお二人になにか悪戯するというのも悪くないかもしれませんね。お二人にはずいぶんしてやられましたから、そういう仕返しも面白いかも。顔にえげつない落書きでもしてやろうかな……」

三十年も歳を重ねてもちっとも人間のできていないクリスである。やられたことは絶対に忘れないし、何倍にもしてやり返す。そんなクリスがケケケと笑っていると、間髪《かんはつ》を容れずに王子がクリスのベッドに入ってきた。それも、二人同時に。

「えっ……!?　ちょ、ちょっとどうしたんです、お二人とも！　あたしはベッドに入ってくることなんか許していませんよ!?」

「おまえがあまり生意気なことを言うから、黙らせようと思ってな。さっさと寝ろ」

「いや、僕はクリスティアナの教えに従おうかと思ったんだよ。確かに熱で動けないきみになにか悪戯をするのも、面白いような気がしてきてね」

「え……、えっ……!?」

あわあわとクリスは頭の上に迫っている二人の王子の顔を見つめた。

「呆《あき》れるほどに卑怯《ひきょう》ですね、不肖《ふしょう》の兄上」

「おまえも似たようなことを考えているくせに、余計なことを言うな。愚弟《ぐてい》よ」

クリス越しに喧嘩《けんか》を始めたグランヴィルとジュリアスに、クリスは大きく声を上げた。

「ダ、ダメです！　病気に乗じて変なことしたら、一生許しませんから！」

「きみに一生激しい感情をぶつけられるというのも、悪くないな。きみを本気で怒らせるのは、結構難しそうだからね」

「恨むならこんな軽薄《けいはく》な男よりも俺にしろ。おまえが命じてくれれば、いつでも俺は力ずくで兄上を追い出す」

「それは僕の台詞だね。クリスティアナ、どっちの方が本当に愛す価値のある男だと思う？　きみの持ってる鋭く真実を射抜くその瞳を通してみれば、もう答えは出てると思うけど」

「……っ!!」

クリスは、寝具を引っ被《かぶ》ってジュリアスとグランヴィルから顔を隠した。

「いい加減にしてくださいっ。あたし、もう寝ますからっ」

それから、布団の中でクリスは口を尖《とが》らせた。

「……それにしたって、お二人ともちょっと都合がよくありません？　少々あたしが痩《や》せたからって、目の色変えてるだけなんじゃないんですか。ご期待に沿えずに申し訳ないですけど、あたしはまたすぐに前みたいな体型に戻りますからね。怠惰と暴飲暴食が趣味なんですから。……ふわぁーあ。本当に眠くなってきた。寝よう寝よう……」

「うん、できればなるべく早く前のように戻ってくれる？　もう水晶宮《すいしょう》の鏡を見るのも怖くはないと思えるほど今のきみは美しいし、経験したことがないほどに強く心惹《ひ》かれるのだが……。……その姿を、他の男に見せたくない」

「ああ。それに、今のおまえがあまりに美しいからだろうか。まだ見慣れないせいか、……なぜだか別の女に浮気しているような気になるのだ」

「そう、僕もちょうど同じことを思っていた」

二人の声が寝具の外から聞こえてきて、半ば寝ぼけ眼《まなこ》のクリスはふと、奇妙な符合《ふごう》を感じてぷっと吹き出した。

「……どうした？」

「なんでそんなに笑っているの？」

ケケケと笑い続けているクリスに、双子王子の不思議そうな声がかけられる。

熱に浮かされているクリスは、なにやら困った事態に陥っているらしき二人の王子を、いい気味とばかりに嘲笑《わら》った。

「いえ……。お二人のそのお気持ちは、なんとなくわかるような気がいたしまして……。あたしも、不可抗力でこんな目に遭っているのに、なぜだか自分が浮気しているようなうしろめたさがあるのです……。でもまあ、自業自得でしかないお二人と違って、あたしは全然ちっともまったく悪くないはずなんですけどね」

するど、その途端だった。

寝具が捲《めく》られ、眠り込もうとしていたクリスの顔が再びシャンデリアの光に晒された。

「はっ……？　な、なんですか、急に⁉」

突然の眩《まぶ》しさにクリスが目を瞬くと、ジュリアスとグランヴィルの美しくも恐ろしい相貌が見えた。二人とも笑ってはいるが、目が据わっている。

「それはとっても面白い皮肉だね。……とでも言うと思った？　僕の美しいプリンセス。きみのは気のせいじゃないよ、残念ながら」

「……おまえのは本当に浮気だ、馬鹿。おまえの気持ちはわかっているつもりだから、今夜くらいは見逃そうと思っていたが。そんな風に煽《あお》られては、黙《の》っていられない」

クリスは、二人の王子が繰り出した麗《うるわ》しき逆襲《ぎゃくしゅう》に、息を呑んだ。

「っ……‼」

次の瞬間、王子たちから高貴な口づけが両方の頬に同時に落とされ、クリスは目がまわりそうになった。

「なっ、なにをっ……」

……いや、目が本当にくるくるとまわっていたかもしれない。シャンデリアの煌《きら》めく天井が、その輝きと暗闇《くらやみ》を色濃くしたような錯覚があった。

その幻と夢のような世界の中で、クリスの長い髪がさらさらと戯《たわむ》れのように撫《な》でられ、寝具を握り締めていた細く白い指先が甘く絡《から》め取られていく。

唇にどちらかの王子の手が置かれ、瞼をもう片方の王子の手が隠す。

（ひ、ひぃぃっ……！）

視界が閉じられた闇の向こうで、天使と悪魔をこの世に写し取ったような二人の王子の悪い密談が囁かれる。

「……唇はダメだ、まだ」

「愉《たの》しみはあとに……。こんなところで気が合いますね、兄上」

「おまえは悪い男だな」

「お互い様でしょう、それは」

罵《のの》り合っているはずなのに、どこか真意を窺《うかが》い知れない策謀《さくぼう》に満ちたそのやり取りに、クリスの精神はもう限界寸前だった。

（ダ、ダメだわ！　これ以上こいつらの戯言《たわごと》に付き合ってたらっ……）

……自分が自分でなくなってしまうのではないか。下手したら、喜んで自らこの悪巧《わるだく》みに絡め取られてしまう気すらしてくる。自由をこよなく愛するクリスがそんなことになったら、……目も当てられない。

腹を決めて、クリスは一心に目を瞑《つぶ》り込んだ。そして、そのまま、二人の王子の手が届かない愉快で楽しい夢の世界へと逃げ込むことにする。

「ぐう……」

長年の血の滲《にじ》むようなぐうたら鍛錬《たんれん》の成果が、今立派な実を結んだのだろうか。たいした苦労もせず、クリスは見事本当に眠りにつくことに成功した。

「……クリスティアナ?」

「おまえ、まさか……」

「……むにゃむにゃ、ぷぅぷぅ……」

その寝息の返答が——、狸《たぬき》寝入りから来るものではないと気づいた王子たちが、どんな顔をするのかも想像せずに。

＊＊＊

——真ん中のクリスティアナは、すっかり眠りこけている。

「はあ……」

「ふう……」

同時にため息を深々と吐いて、二人の王子は目も合わさずに、憎しみと嫉妬《しっと》と焦燥《しょうそう》と同情の入り混じった感情を胸に抱きつつ、ぼんやりと惚《ほう》けたような言葉を交わした。

「本当に、このプリンセスにはしてやられるね。……まったく、とんだ事態になったものだ」

「プルーリオン公爵家の一人娘が、まさかこんな女だったとは思いませんでした。……兄上のお調べの通り、王位と天秤《てんびん》にかかるほどの稀有《けう》な女であることは認めますが」

弟の皮肉に、ジュリアスは肩をすくめた。

「まあ、僕の予想を遥《はる》かに凌駕《りょうが》した女性であったことは認めるよ。こんな感情は本当に初めてだ。彼女との再会に後悔頻《しき》りなのではないか？　グランヴィル」

「兄上もそうでしょう。この歳になって、生き方の大幅な軌道修正を強《し》いられようとは思いませんでした」

「なら、降りる？　……煮え切らない彼女は決められないようだから、僕は歓迎だが」

「絶対嫌です。兄上こそ、降りられた方がいいのでは？　自分の感情が制御し切れないなどという経験は初めてでしょう。不安で仕方ないのではありませんか？」

「馬鹿め。彼女のいない人生など、今さら考えられない。自分でも自分がなにをしでかすか想像できないというのもまた、面白いさ。それに……、運命の恋を甘く見て魂を殺され腑《ふ》抜《ぬ》けになった馬鹿男の二の舞は絶対に踏みたくない」

「まあ……、それは同感ですね」

「それにしても馬鹿馬鹿しいのは、同じ女を愛してしまったのに、おまえのことを憎み切れないことだ。まったくもって、滑稽《こっけい》だね。神に愛された王子ともあろう男が」

「本当に可笑しいのは、悪魔に魅入られた王子などという二つ名でしょう。油断すると殺意がよぎりますよ。恋敵があなたでなければ、彼女が泣こうが喚《わめ》こうが、とっくに殺してます」

「気が合うな。僕もだ。……だが、結局のところ、彼女が泣いて頼んできたら殺せないような気もするよ。彼女の我が侭《まま》に逆らえる自分が想像できない。すべては彼女に求婚しようなどと思い立った自分の責任だが、まったくもって腹立たしい限りだ」

「そうかもしれませんね。本当に、うっかり間違えて絞め殺してしまいたくなるくらい、苛立《いらだ》たしいほど心惹かれる愛《いと》おしい女です」

真ん中で涎《よだれ》を垂らして眠りこけているクリスを抱いたまま、二人の王子はある種の共謀とともに天蓋を眺めて、諦《あきら》めのように目を伏せたのだった。

エピローグ　結局どっちと結婚するのです

Cinderella doesn't need Glass Slippers!

それから、二日ほどがすぎた。

ジュリアスとグランヴィルは、揃《そろ》って元気になったクリスを囲んでこう言った。

「――とにかくだ、僕はきみを泣かせたくない。強がりなきみが泣く時は、本当につらい時だとわかったからね。だから、悲しませたくはないのだが……」

「兄上と、というのが遺憾《いかん》ではあるが、同感だ。クリスティアナに無理強《じ》いはさせたくない。おまえの心が俺と兄上の間で揺れ動いているのは察した。結婚は待つとしよう」

「……だから」

「……だから」

二人の王子は、声を合わせてクリスを間近で見つめた。まず、グランヴィルが厳しく結んだ唇《くちびる》を開いてこう言った。

「……その姿だけは、これ以上他の男に晒《さら》すのは許さない」

「同意見だ。弟と同じというのが遺憾ではあるけどね。とにかく、クリスティアナ。きみの大好きなものをこれだけたくさん用意したんだ。さあ、好きなだけ食べて飲んで」

そう続いたのは、ジュリアスだ。

追い討ちをかけるように、グランヴィルがさらに言い募る。

「腹が破裂するまでその喉《のど》に流し込むぞ。そんな姿は、もう誰にも見せなくていい。誰にも見せたくない」

その言葉通り、クリスのまわりには途方もない数のボリュームたっぷりな肉料理と涎《よだれ》の垂れそうな銘《めい》酒の数々が並んでいた。最初は我が意を得たりとばかりに満足げにモグモグ食べてゴクゴク飲んでいたクリスだったが、いつまで経《た》っても給仕《きゅうじ》の手を休めない王子たちに、だんだん戦慄《せんりつ》し始めた。

「あっ、あなた方はあたしを殺す気ですかっ……!?　いつまで食べさせて飲ませるつもりなんですっ!!」

「そんなこと、決まってるじゃないか」

「元の姿に戻るまで、だ」

「も、元のって……」

まるで今の瘦《や》せたクリスが悪い魔女の呪《のろ》いにでもかかっているかのような口振りだが、二人の王子はどうやら、あのぽっちゃりボディのことを言っているようだ。

確かにクリスもあの体型には愛着がある。しかし、美貌《びぼう》の母譲りなのか、いくら食べても飲んでも怠《なま》けてももともと痩せやすい体質のクリスは、あの体を作り上げて維持するコツを会得《えとく》するのに何年も費《つい》やしたのだ。そう簡単に戻れるものではない。

それでも連日の豪勢な食事に着々と戻りつつはあるのだが、まだまだ先は遠い。肥満《ひまん》の道は一日にしてならずである。そこで、クリスは、急いで二人の王子にこう言った。

「そりゃ、食べるのも飲むのも大好きだから善処しますけど。でも、一日二日じゃ無理ですよっ！　せめて最低でも、ここまで痩せた七日はください」

「わかった、七日だね？」

「なら、七日間ずっとこの部屋にいる。おまえが元の姿に戻るのを見届けるまで」

「え、ええっ……!?」

クリスは悲鳴を上げそうになった。脂肪《しぼう》というのはそう急激に溜め込むものではなく、長い月日をかけてミルフィーユのように繊細《せんさい》かつ芸術的に重ねていくもので――……。しかし、二人の据《す》わった目の色は、そんな脂肪談義に付き合ってくれそうには見えない。

「……と、ところで、国王陛下《へいか》はどうしたんです？　陛下に逆らっては、お二人ともなんらかの処罰《しょばつ》は避けられないんじゃないですか」

それを恐れて――。そして、不安で、クリスは氷炎王城《ひえんおうじょう》から脱出を図ったのだ。

すると、ジュリアスとグランヴィルは、ちょっと目を合わせてこともなげにこう言った。

「僕らは別に、廃位は怖くないからね。どうとでもすればいいとこの氷炎王城に戻ったのだが」

「どうやら陛下は、おまえの母から手紙を受け取ったようでな。目が覚めたらしい」

「え……？　お母様から……？」

クリスが目を瞬《またた》いた、ちょうどその時だった。

部屋の扉がノックされ――、国王セオドア自《みずか》らの来訪を侍従《じじゅう》の声が告げた。


「――クリスティアナ、シャーロットの一人娘よ。……この間の晩はすまなかった。余は、長年悪い魔法にかかっていたようなのだ。だが、もう呪いは解けた。だから、あの夜の振る舞いは許せよ。そなたを傷つけるつもりはなかった」

傷つけるつもりがなかったのならどういうつもりだったのか。……という突っ込みはさておき、本当に魔法が解けたのか怪《あや》しいセオドアの酔っ払ったような声が、王子たちの背中の向こうから聞こえた。ジュリアスとグランヴィルは、父親からクリスの姿を完全に隠している。それがどれだけクリスを安堵《あんど》させたかも知らずに、二人の王子はピタリと息を揃えて口々にこう言った。

「クリスティアナは許すと申しております。陛下の広いお心に感動しているようですよ。ですが、陛下のお言葉をこれ以上賜《たまわ》るのはもったいないと恥じ入っているようです」

「彼女は本当は慎《つつ》ましい姫ですから、あまりに光栄で震えてしまっています。どうぞ、彼女のためにご退出ください。それが姫を守る騎士たる男の心得と存じます」

二人の息子にそう進言され、ふやけたセオドアの声がこう続いた。

「ああ……、そうなのか。だが、ひと言でいいからその声が聞きたい。クリスティアナ、恐れずにそなたの口で答えてみよ」

「……」

クリスは、少し考えてから腕組みをし、大きく息を吐いた。この男には、言ってやりたいことが山ほどある。それらを胸に飲み込んでから、一部抜粋《ばっすい》してセオドアにこう伝えた。

「……わたくしも少々度がすぎる振る舞いをいたしました。いくら陛下とは社交界デビュー前の幼子《おさなご》だった頃からいろいろあったとはいえ、少々意地悪がすぎたようですわね。ここはお互い様ということにして、ひたすら相性が悪い者同士、もう金輪際《こんりんざい》関わるのはやめましょう。これで陛下もわたくしも今まで通り平和に楽しく暮らせますわ」

「……」

「……」

クリスが喋《しゃべ》り終わった途端だった。当然のことながら、しーんとその場が静まり返り、誰も彼もが息を呑《の》んだ。

（……きみは、嘘《うそ》をついてほしいと僕が切に願うここぞという時に限って正直になるのだね）

（おまえの正直さはとても愛おしい。……が、今度のも充分度がすぎるぞ）

二人の王子が、潜《ひそ》めた声でクリスにそう言った。

すると、王子たちの背中の向こうで、セオドアが笑い出した。

「ふっ……、くくく。確かにそなたはシャーロットの手紙にあった通りの女のようだな。自由すぎるほどに自由で誰にも従わず、図々《ずうずう》しくてふてぶてしくて強くて逞《たくま》しく、殺しても死なない。……あいにくだが、余とそなたはとことんまで意見が合わないらしい。ますますそなたのその憎まれ口を聞きたくなった。また逢《あ》いに来るぞ、クリスティアナ」

クリスは、耳を疑った。

（……えっ!?　お母様からの手紙で、お母様への変わらぬ愛を確かめて改心したんじゃなかったの!?）

例の壊れた玩具《おもちゃ》のような笑い声を残して、酔っ払い国王セオドアは去っていった。


「……まあ、予測し切れなかった僕らが悪いね。クリスティアナが陛下に怒るのは当然なのに」

「ええ。なにを置いても、クリスティアナに喋らせるべきではありませんでした」

肩をすくめたジュリアスとグランヴィルに、クリスは口を尖《とが》らせてこう言った。

「当たり前でしょう。だってあたし、お二人がご不在《こ》《ご》の間にあの陛下に強引に後妻にさせられそうになったんですよ？　あんな思いはもう懲り懲りだし、いい機会だから、年増で太ってる上に性根までひん曲がった女だと知らしめて心底嫌われておこうと思ったんですっ」

しかし――。クリスの目論見《もくろみ》は、またも裏目に出てしまった。どうやらクリスは、かつて侍女《じじょ》が指摘した通り、とことんまで男心をわかっていないらしい。だが、わかりたくもないから、致し方ない。

そっぽを向いてクリスが膨《ふく》れていると、ジュリアスがさも楽しそうに甘く微笑《ほほえ》んで、すかさずこう訊《き》いてきた。

「なるほどね。暁《あかつき》の騎士団の者たちからあの招宴《しょうえん》の夜のことは報告を受けていたけれど、きみの口から直接聞くとまた感慨《かんがい》が違うね。――ねえ、クリスティアナ。きみがそうも陛下のご不興を買おうと努めるのは、なんとしても僕と結婚したいから？」

「えっ……!?」

クリスが目を瞬くと、今度はグランヴィルがこう言ってきた。

「俺も夜更けの騎士団の者たちから聞いている。あの晩、おまえは陛下にこう言ったそうだな？　好きな男に王位を蹴《け》らせるほどの勇気がない――と。つまりそれは、俺を愛しているということだろう？」

「なにを言っているのだ、グランヴィル。クリスティアナが、どれだけ熱心に僕こそが国王にふさわしいと説いたと思っている。彼女が言ったのは僕のことに決まっている」

「男が悪足掻《あが》きをしては見苦しいですよ、兄上。クリスティアナはこの俺こそが王位に就《つ》くべきだと力強く進言してきました。その熱意をあなたにもお見せしたいくらいでしたよ。彼女が言ったのは俺のことに決まっています」

クリスは、目にも止まらぬ速さでぶんぶん首を振った。

「ちょっと待ってくださいっ！　お、お二人に王位を勧めたのはそういう意図《いと》じゃありませんし、もっと大事なことをその前に言ってますから！　あたしは誰とも結婚する気はありませんって……!!」

「ふうん、そう」

「へえ、そうか」

ジュリアスとグランヴィルが、それぞれ種類は違うが底の知れない笑みを浮かべる。かたや天使のようで、かたや悪魔のようである。

「……もっと苛《いじ》めてみたい気もするが、これ以上の追及は今日はとりあえずいいか」

「今は真実の究明よりも大切なことがある。――ほら、さっきから口が止まっているぞ。さっさと食え、クリスティアナ」

「その通り。こっちのお酒もとても美味《おい》しいから、さあ飲んで。クリスティアナ」

王子たちの愛があるのか意地悪をされているのかよくわからない手ずからの給仕に、クリスは頬《ほお》に手を当てた。

「ふぐ、もぐもぐ、ごくごく。……あ、ほんとだ美味しい♡　……って、そうじゃなくて、もうそろそろ本当に限界ですったら！」

口にたっぷり酒と肉を詰められているクリスをケタケタ笑いながら眺《なが》め、可愛《かわい》い侍女が声なく口を動かしてこう言った。

（――麗《うるわ》しの王子様方に骨の髄《ずい》まで愛されちゃって大変ですねえ、クリスお嬢様。どうしてもどっちにするか決められないなら、クリスお嬢様が女王陛下に即位しちゃえばいいんですよぉ。この華麗《かれい》なる千年王国プリ・ティス・フォティアス王国では、王位に就いた者には正式な伴侶《はんりょ》に加えて公妾《こうしょう》を持つことが許されます。だから、片方の王子様を夫にして、もう片方の王子様を愛人に、ね？　最高の解決策じゃございませんこと？）

クリスは、さぁっと青ざめた。

今すぐ可愛い侍女の口を封じに行きたかったが、お腹《なか》が重くて俊敏《しゅんびん》に動けない。そのクリスの両側をがっちりと、二人の王子が固めている。試しに放ってみた猫パンチも、あっさり躱《かわ》されてしまう。

（ひ、ひ、ひいぃぃぃっ！　どうしてこの二人って、あたしを追い詰める時に限ってこんなにピッタリ息が合うの……⁉︎）

この世の至上の美味なる肉と酒と男たちに囲まれて、――クリスは至福の苦しみに悶絶《もんぜつ》したのであった。

あとがき

ご無沙汰《ぶさた》しております。せひらあやみです。

今作のご感想はいかがでしたでしょうか？

あらすじからしてお察しの方も多いと思うのですが、今回のヒロインはかなり少女小説の枠から外れたキャラクターとなりました。さすがに私も最初は躊躇《ちゅうちょ》しまして、世界観的にもギリギリいける二十歳《はたち》設定にしようか迷っていたのですが、まさかの担当様からの三十路《みそじ》推し！　驚きや不安とともに、すごく嬉しかったのを覚えています。読者の皆様も無事についてきていただけていると幸いです。

これまでコバルト文庫で書いてきたヒロインは十代ばかりで、若さゆえの悩みを抱えている女の子たちだったのですが、今回のクリスは、躓《つまず》くポイントや不器用さの方向性も大人仕様になっていて、とても新鮮で書いていて楽しかったです。

ちなみに、今作の着想は、理想の生活とはいったいどんなものか？　というところから始まりました。

理想と考えて、まずお金にまつわるエトセトラが浮かんだ下世話な作者でありますが、急に百万拾うとか、宝くじの高額当選なんていうのも夢ではあるものの、この将来に不安のあるご時世、お金がいくらあっても貯金にまわしがち！

それじゃあんまり現実的で世知辛《せちがら》い。

そこから、クリスというヒロイン像が生まれました。

もし、有り余るほどのお金があって、そのお金を全部無駄に使うことでむしろ世界は救われる方向に向かって、その上ガッツリ暇があって、尚且《なおか》つほどほどの知性も持っているとしたら、読者の皆様はどんな人生を選択されますか？　……と思うと、案外クリスの人生はそこまでぶっ飛んでもいないんじゃないかと思う次第であります。

この骨董姫《ミス・アンタッチャブル》ことクリスに興味を抱いていただけたら、王位継承争いに巻き込まれる前の平常運転のクリスを描いた連作短編も電子書籍で出る予定ですので、もしよろしければ、ぜひお手に取ってみてください。

どちらかだけでも楽しんでいただけるように心がけましたが、連作短編の方はクリスと侍女のステファニーがメインで活躍しますので、今作と併《あわ》せてお読みいただけたらとても嬉《うれ》しいです。

こんな、たった一人の友達相手にも素直になれないのに、なぜか嫌いな男の前でだけは正直になれてしまう、不器用を三十年間かけてこじらせまくったクリスを少しでも気に入っていただけたら、本当に幸せです。

また、今作のイラストをご担当いただく、加々見絵里《かがみえり》先生。初めてイラストをご担当していただきますので、今から一人でドキドキわくわくしております。このあとがきを書いている時点ではまだイラストは拝見していませんが、どんな表紙やキャラクターになるのか、今からとても楽しみです！

そして、担当様。お忙しい中引き受けていただき、本当にありがとうございました。サインを出していただき、いつもながらの私のモロ趣味な逆ハーレムのドタバタプロットに快《こころよ》くゴーサインを出していただき、書きたいように書くことができました。特に今回はヒロインのキャラクター像に苦戦したのですが、執筆している間ずっと幸せでした。おかげ様で、今でも脳内でキャラ同士の会話が止まりません（笑）！　本当にありがとうございました！　今後もご迷惑をおかけすると思いますが、なにとぞよろしくお願いいたします。

最後になりますが、今作を手に取っていただいた読者の皆様へ、心からの感謝を申し上げます。当たり前のことですが、読んでくださる皆様一人一人がいらっしゃるおかげで、私は小説を書くことができます。本当にありがたく、また幸せに思っています。いつかじかにお会いして感謝をお伝えできるような機会があれば……、などと妄想する毎日です！　それでは、名残《なごり》惜しいですが、またどこかでお目にかかれますように！

せひらあやみ

※この作品はフィクションです。実在の人物・団体・事件などにはいっさい関係ありません。

せひら・あやみ

8月28日生まれ。東京都出身・在住。乙女座のA型。「異形の姫と妙薬の王子」で、2011年度ノベル大賞佳作を受賞。コバルト文庫に『毒舌姫』シリーズ、『皇帝陛下のお気に入り』シリーズ、『あやかし姫陰陽師』シリーズ、「皓月兎姫譚　～異世界で殿下の愛玩動物にされちゃいました～」がある。好きな飲み物はブラックコーヒー。好きな食べ物は鰻と牛肉。好きなアーティストはB'zとPerfume。

ガラスの靴はいりません！

シンデレラの娘と白・黒王子

COBALT-SERIES

2019年1月10日　第1刷発行

★定価はカバーに表示してあります

著　者　せひらあやみ
発行者　北畠輝幸
発行所　株式会社　集英社
〒101－8050
東京都千代田区一ツ橋2－5－10
電話　【編集部】03-3230-6268
【読者係】03-3230-6080
【販売部】03-3230-6393（書店専用）
印刷所　図書印刷株式会社

ISBN978-4-08-608087-3　C0193

コバルト文庫
好評発売中
運命の恋、
”視《み》え“ちゃい
ました！
せひらあやみ
イラスト／紫 真依
あやかし姫陰陽師
電子書籍版も配信中
詳しくはこちら◀
http://ebooks.shueisha.co.jp/cobalt/
降伏寸前!?
君の鬼門は恋とキス
人の過去未来を視る力を持つ、紫理。
陰陽師・遥貴との未来を垣間見て…？
降伏、不可避!?
君と抱き合う一夜の行方
怪異の続く一条桟敷屋へ、紫理と遥
貴は恋人同士を装い潜入するが…。
完全幸福!?
君と織り成す二人の未来
紫理が視た未来は、遥貴と戦うとい
うもので…？　涙と誓いの大団円！

コバルト文庫　オレンジ文庫

「ノベル大賞」

募集中！

小説の書き手を目指す方を、募集します！

女性が楽しめるエンターテインメント作品であれば、どんなジャンルでもＯＫ！

恋愛、ファンタジー、コメディ、ミステリ、ホラー、ＳＦ、etc……。

あなたが「面白い！」と思える作品をぶつけてください！

この賞で才能を開花させ、ベストセラー作家の仲間入りを目指してみませんか!?

大賞入選作

正賞の楯と副賞300万円

準大賞入選作

正賞の楯と副賞100万円

佳作入選作

正賞の楯と副賞50万円

【応募原稿枚数】

400字詰め縦書き原稿100〜400枚。


【しめきり】

毎年1月10日（当日消印有効）

【応募資格】

男女・年齢・プロアマ問わず

【入選発表】

WebマガジンCobalt、オレンジ文庫公式サイト、および夏ごろ発売の文庫挟み込みチラシ紙上。入選後は文庫刊行確約!

（その際には、集英社の規定に基づき、印税をお支払いいたします）

【原稿宛先】
〒101-8050　東京都千代田区一ツ橋2-5-10
（株）集英社　コバルト編集部「ノベル大賞」係

※応募に関する詳しい要項およびWebからの応募は
公式サイト（cobalt.shueisha.co.jp）をご覧ください。